Wer hier bei uns im Norden wohnt,

de blifft vun Plattdüütsch nich verschont.
Mien Streben is vun Anfang an:
Uns Plattdüütsch dörf nich ünnergahn!

Böker sünd Frünnen, dat is bekannt.
Nu liggt een Fründ in diene Hand.
Geiht di dat eenmal nich so good
un du hest keenen rechten Moot,
lees Riemeldöntjes, de hier binn'n,
mal fien, mal groff, mit Achtersinn.
So mennig Döntje de is wohr,
erfunn' is ook wat, dat is kloor.
Doch wichtig is, dat gellt för di,
du hest een Hupen Spaaß dorbi.
Dat lenkt good af un buut di op
un du hest eenen kloren Kopp.
So kümmst du wedder op den Patt
un denn löppt dat nochmal so glatt.
Pack alles veel vergneugter an,
du ahnst nich, wat man schaffen kann.
Un mark di, wat ook kamen mag:
Lachen bringt Sünnschien – jeden Dag!

Harry Lehmann

De Levenstiet !

As de Herrgott de Welt torecht klütert harr, wull he för alle Kreaturen de Levenstiet fastleggen. As de Esel an de Reeg weer, frag de: „Herr, wolang schall ik leven?“ „Dörtig Johr!“ sä de Herrgott, „büst Du dormit inverstahn?“ „Ach Du leeve Tiet!“ stöhn de Esel, „dat is een böös lange Tiet. Bedenk doch mal, wat ik Dag för Dag schinnern mutt: Vun’n Morgen bet in de Nacht swoore Lasten drägen, Koornsäck na de Möhl slepen, dormit de Minschen Brot eten köönt un mit Slääg un Footpedd munter maakt. Laat dat man nich to lang duurn!“ Dor erbarm sik Gott un schenk em achtein Johr. Dat weer den Esel noog un tofreeden zuckel he los.

Nu weer de Hund an de Tour. „Wolang wullt Du denn leven? Den Esel weern dörtig Johr to veel, aver Du büst doch dormit inverstahn?“ „Herr“, sä de Hund, „is dat Dien Willen? Denk mal, wat ik scheesen mutt, dat hollt mien Been wiss nich ut un wenn an’n End mien Stimm nich mehr will un ik nich mehr bellen kann, denn fallt mi ook noch de Tähn rut un dat Bieten is vörbi. Wat blifft denn noch för mi? Höchstens vun een Eck in de anner lopen un knurren!" De Herrgott sehg, de Hund harr recht un gev em twölf Johr mit.

Un nu keem de Aap. „Du wullt doch wiss dörtig Johr leven?“ meen de Herr to em. „Du bruukst nich to arbeiten as de Esel un optopassen as de Hund un büst jümmers vergneugt!“ „Ach Herr“, jammer de Aap los, „dat süht bloots so ut, is aver ganz anners. Wenn dat sööte Supp mit Rosinen regent, heff ik keenen Löpel. Ik schall jümmers vergnöögte Streiche maken un Fratzen snieden, dormit de Lüüd lacht, un wenn se mi een Appel tosmiet un ik biet rin, is he meist suur. So stickt oft noog Trurigkeit achter den Spaß. Nee, dörtig Johr holl ik dat nich ut!“ De Herrgott weer gnädig un schenk em tein Johr.

Endli keem de Minsch an, weer fideel, gesund un frisch un beed Gott, em Sein Tiet to bestimmen. „Dörtig Johr schasst Du leven“, sä de Herr, „is Di dat noog?“ „Wat, so kort bloots?“, rööp de Minsch, „denn heff ik jüst erst mien Huus buut un dat Füür brennt in'n eegen Herd. Wenn ik Bööm plant heff un se blöht un drägt de eersten Früchte un ik will denn richti froh wäsen, denn schall ik al starven? Oh Herr, verlänger mien Tiet, so lang dat geiht!“ „Ik will Di de achtein Johr vun den Esel dorto leggen“, sä de Herrgott. „Dat is nich noog“, meen de Minsch. „Good“, sä de Herr, „ik legg noch de twölf Johr vun den Hund dorto!“

„Jümmers noch to wenig“, bettel de Minsch. „Na denn“, sä de Herrgott, „ik gev Di noch de tein Johr vun den Aapen to, aver mehr kriggst Du nich! Dat is mien letzt Woort!“ Nu help dat nix un de Minsch marschier los, aver tofreeden weer he nich.

Un so kümmt dat, dat uns Herrgott söventig Johr för uns Minschen vörsehn hett. De eersten dörtig sünd de minschlichsten Johr. Leider loopt se veel to fix vörbi un de Minsch markt dat nich. He is kreegelig un gesund, is för jeden Spaß to hebben, arbeidt mit Lust un freit sik op de Welt. Denn kaamt de achtein Johr vun den Esel. Dor mutt he Lasten drägen, de Familie ernähren un dat Leven gifft em so mennigeen Knuff in de Rippen un in sien Seel för all dat Wurachen. Denn kaamt de twölf Hunnenjohr. Dat Bieten warrt slecht wegen de Tähn, de Minsch fangt an to knurren un müch sik an'n levsten möör in een Eck verkruupen. Is de Tiet vörbi, makt de tein Johr vun den Aapen den Beschluss. Dat süht gor nich good ut. Denn ward de Minsch womögli narrsch un tüdelig un de Jüngeren lacht em ut.

Weil aver de Minsch vun Anfang an untofreeden weer, versöcht he, den Herrgott in den Plan to pfuschen un de Tieden vun Esel, Hund un Aap för sienen Padd to verlängern. So is dat: Lang leven will jeder – bloots oolt warrn will keener! Wat makt de Minsch in so eenen Fall? Plietsch as he nu mal is, hett he de Pillen gegen alles erfunnen un sluukt de bi jede Gelegenheit. Dank „Bayer-Leverkusen“ oder wie de Pillenfabriken sünst noch heet, leevt de Minsch nu länger un

meent, he hett den Herrgott een lange Nees makt. As de Herrgott dat spitz kreeg, hett he een Oog toknepen un sik seggt: Denn man to. De Minsch gifft ja doch keen Rooh un wat sünd noch de poor Johr in'n Vergliek mit de Ewigkeit!
Dorum vergeet dat nich: De letzten Johren sünd jümmers een Geschenk vun baven!

Feinde !

Kennt ji de Kark vun Hohensteen?
De mött ji mal vun binnen sehn.
Veel Schnitzerie, een reine Zier,
den Paster Eggert sien Revier.
He is een Mann mit veel Ideen,
dat kann man an düt Bispill sehn:
In'n Karken-Vörruum, rechter Hand,
steiht eene Tafel an de Wand.
De is bet babento vull Biller
un fraame Spröök op lütte Schiller.
De kiekt ju mal genauer an,
weil man dorvun wat lernen kann.
So mennig Spröök passt in de Welt,
weil, wat dor steiht, ook hüüt noch gellt.
Op een lütt Schild stünn groot un breet,
dormit dat jeder lees un weet:
„Du lieber Christ, bedenke wohl,
dein größter Feind ist Alkohol!"
Dat passt nur gor nich unsen Luten,
denn he döh dägli Fründschop sluten
mit sienen „Feind", den Alkohol
un sä: „Eggert sien Spröök sünd Kohl!"
Un as dat denn so kümmt in'n Leven,
hett Luten op een Zettel schreeven:

„Schon in der Bibel steht geschrieben,
du sollst auch deine Feinde lieben!“
Denn backt he nu, as stillen Sünner,
bi Eggert sienen Spröök dorünner.
De Paster kenn sien Pappenheimer
un wüss ook foorts, wer hier de Reimer.
He lach un sä: „Noch ein Gedicht!
Geschlagen gebe ich mich nicht!“
Denn schreev he ganz vergneugt un froh
op Luten's Zettel noch dorto:
„Aber in der Bibel steht nicht gedruckt,
dass man seine Feinde schluckt!“

Överstunnen!

Dat geiht nu al siet een poor Johr'n,
damals, ik weer jüst Rentner worrn,
füng alles beten suutjer an.
Um Söss bruuk ik nich optostahn.
Ik dreih mi lever nochmal rum.
Mien Wecker is siet de Tiet stumm.
Vörbi weer nu dat grote „MUSS“.
Dat Leven weer een Hochgenuss!
Wenn mien Mathilde bloots nich weer.
Se speelt nich mit un schütt verqueer.
Se kladdert fröh al ut de Puuch,
denn weckt se mi, mal zoart, mal ruuch:
„Wat is mit Di? Aufstehen jetzt!
Kaam hoch, Du Slaapmütz! Raus Metz!“
Noch half in'n Slaap un half in'n Droom,
röögt sik bi mi Oppositschon:
„Ja, ja, mien Deern, ik bün al waak.
Du störst mi jetzt, weest‘, wat ik maak?
Ik ligg un denk dorbi ganz kloor,

denn Kopparbeit is bannig swoor!“
Mehrstens heff ik ook denn gewunnen
un slaap gemütli noch poor Runnen.
Denn röppt ganz luut mien söte Popp:
„Nu is genoog, nu stah man op!
Verpuust Di man un kaam nu hoch,
sünst överarbeidst Du Di noch!“

Mien Hund !
Ik heff to Huus een lütten Hund,
mien Dackel-Mops is kugelrund,
mit’n Steert as een Berhardiner.
An Knackwust fritt he „Wiener“.

He is al oolt un hört ganz slecht,
to bruken is he ook nich recht,
doch een Deel maakt bannig Freid,
weil he beidoogig schielen deit.

Wenn he so överkrüüz rümkiekt,
maakt he de Lüüd total verrückt.
He weet nich, ween he bieten schall
un löppt denn hen un her ganz mall.

Doch he is harmlos, bitt nie to,
wat anners aver maakt mi froh:
Wenn jemand överkrüüzt sien Been,
denn kann de Hund eerst richti sehn.

Ook överkrüüz glupscht he mi an,
so dat ik jümmers lachen kann.
Deshalb heff ik em ook so gern.
Ik glööv, so’n Kieken kann man lehrn.

Dat heff ik dacht, wat keem bi rut?
Ik dreih mi bald do Oogen ut.
Ik güng ganz dicht an em heran
un keek mi seine Oogen an.

Ik lööt nich na, kort vör sien Snuut,
kreeg ik miteeens de Richtung rut.
Un nu, to miene gröttste Freid,
wat glöövt ji woll, nu schielt wi beid!

Herr Iesenbahn !
Wer nich Auto föhren kann,
de föhrt good mit de Iesenbahn.
Hett man een Bahnkort noch dorto,
maakt so een Reisen duppelt froh,
denn man betahlt den halven Pries.
Ob nu na München, na Paris,
is bi de Bundesbahn egal.
De Nerven schont man allemal.
Ook Hannes wull op Reisen gahn
un stell sik bi den Schalter an.
He harr so'n lütten in de Kroon
un meen vergneugt: Wer markt dat schon!
Denn renommier he luut un groff:
„Bün ik hier recht? Op'n Hauptbahnhoff?
Dag ook, Herr Iesenbahn, geiht't gut?
Rücken's mi mal een Fohrkort rut!"
Doch de Beamte achter Glas,
verstünn nu överhaupt keen Spaaß.
Fraag füünsch: „Zielbahnhof? Wann un wo?"
„Ik wull hüüt gau na Olnborg to!
Dat kann man mi doch wiss ansehn!"

„Wi hebbt hier twee un nich bloots een!“,
gnurr de Beamte in sien Boort,
„mi scheert dat nix, wohen Se fohrt.
Olnborg in Holsteen, an de Küst,
oder Olnborg in Olnborg, harr’k gernn wüsst!“
Dat weer för Hannes keene Quaal
un meen: „Dat is mi puttegal.
Wichti is bloots, dat ik dat schaff,
dor haalt mi denn mien Kinner af!“

Lütt Heini bi Disch !
Sien Vadder sä: „Heini, hör to!
Dischsitten sünd dat A. un O.“
„Benimmst Du Di in grote Runnen,
den hest Du överall gewunnen.
Unangenehm fallst Du foorts op,
kleis’t Di bi’n Eten op den Kopp.
Ook Metz in’n Mund, dat musst Du laten,
Du büst ja hier nich bi Piraten.
Un sett Di grad hen, jedes Mal
un lümmel Di bi Disch nich dal.
Ellbagen op den Disch, is ook keen Oort
un denn: As Kind höllt man den Boort!
Hest‘ dat kapiert? Kriggst‘ dat alln’s mit?
Denn wünsch ik: Goden Appetit!“
De Wirkung weer, Heini bleev stumm
un hampel nich bi Disch herum.
He harr de Hannen fien op den Disch.
Denn keem de Supp, ut’n Pott, ganz frisch.
Doch Heini packt sien Löpel dal.
He wull wat seggen. Wat een Qual!
He höll dat eenfach nich mehr ut
un denn platz dat bi em herut:

„Du Papa...“ wieder keem he nich.
Sien Vadder maakt een böös Gesicht
un dunner nu den lütten Mann
luut vun de Siet, vun baven an:
„Wat heff ik seggt för'n Oogenblick?
Een Ton, denn gifft wat in't Genick!“
För Heini bleev dat nu ‚ne Qual.
He löpel stilll sien Supp hendal.
Hauptgang un Nadisch weern denn weg,
As Heini's Vadder endli seggt:
„Sühso mien Jung, Sluss mit Geduld,
wat hest Du vörhen seggen wullt?“
Heini, bet bavenhen vull Frust,
lach sik nu doch een in de Fuust.
Op dissen Tietpunkt harr he luurt,
wat Vadder nu gewiss beduurt:
„Du harrst een Brummer in de Supp.
Nu is't to laat, nu hest‘ em up!“

De niege Hoot !
Hein un Fiete begegent sik.
Fiete güng na den niegsten Schick.
Leider güng Hein dat nich so good,
aver he harr een niegen Hoot.
„Minsch Hein“, füng Fiete neidisch an,
„wat büst Du för een staatschen Mann!
De niege Hoot steiht Di famos.
Büst Du endli den oolen los?“
„Nee, nee“, meen Hein, mit'n plietsch Gesicht,
„ganz so verhölt sik dat nu nich.
Den Hoot heff ik al föfftein Johr.
Nu kiekst Du dumm. Jau, dat is wohr.
Vör good söss Johr föhr Kalli Klatt

düt beste Stück mit'n Auto platt.
If heff em denn ümpressen laten,
dat kunn Kalli ja gor nich faten,
doch he betahl den ganzen Quatsch,
sogor de Reinigung vun Matsch.
Denn füll he wedder in de Schiet.
Dunn heff ik meent, nu is't sowiet
un he würr ümfarvt, ganz in blau.
Ik meen, so kennst Du em genau.
Vör miene Reis na Helgoland
kreeg he statt Kordel een frisch Band
un güstern avend, noch mal snell,
heff ik em ümtuuscht in'n Hotel!"

Intelligenzknotenpunkt !

Dat ganze Schooljohr weer meist rum
un all de Göörn, ob plietsch, ob dumm,
de schull'n nu bald ehr Tüüchnis kriegen.
De Schoolmeister hüll sik in Swiegen.
Höchstens, wenn eener backen bleev,
de kreeg vörher een blauen Breef.
So nich bi Kalli Bohnenstroh.
Dor kreeg sien Vadder bavento
een Breef: „Es geht um Ihren Sohn!
Gezeichnet: Schulkommission.
Kommen Sie die nächsten Tage
zur Klärung einer wicht'gen Frage."
Gespannt, wat woll de Rektor seggt,
maakt Bohnenstroh sik op den Weg,
De Rektor sä: „Herr Bohnenstroh,
weil Sie gleich kommen, bin ich froh.
Die Leistungen des Sohnemann,
die steh'n zur Diskussion heut an.

Das zweite Schuljahr is bald rum.
Ihr Sohn is ja auch sonst nicht dumm,
doch woll'n wir ihn, der Leistung wegen,
hier in die Sonderschule geben.
Nur müssen wir in solchen Fragen
Ihr Einverständnis dazu haben."
Hein Bohnenstroh brumm nu de Brägen.
Wat seggt he dor? Der Leistung wegen?
Denn full bi em de Groschen daal,
as he denn sä un dorbi strahl:
„Den Jung sien Leistung hebbt dat daan.
Herr Rektor, ik bün inverstahn.
To Sonderschool, dat find ik nett,
wenn he dat Tüüch denn dorto hett!"

Pilze !

In'n Wald harr Heini Pilze funnen
un harr se in sien Snuufdook bunnen.
Poor stoppt he noch in siene Taschen,
de schull sien Modder alle waschen
un putzen un in Bodder braaden.
So eene Mahltiet kunn nich schaden.
Mit Speck un Zippeln noch dorto,
weer in de Kööк denn bald „Hallo".
Dat weer een Duft! Man bruukt keen Töller.
Broder Fritz, de beten öller,
lang foorts mit Heini in de Pann
un ook de Öllern achteran.

As man een Tiet so swöögt un kaut,
dor würr den Fritz komisch benaut.
He stopp to fix, harr sik versluckt
un greep dorbi na Hals un Buuk.

Leider würr dat verkehrt verstahn.
Wittsnuutig keken se sik an:
„De Pilze! – Dormit is doch wat!“
Den Rest gev man to Proof de Katt.
De freet alln’s op, dat weer fix all,
denn schree se luut un lööp in’n Stall.
Dorbi döh se sik ook noch strecken,
as weer se binah an’n verrecken.
Nu geev’t Familien-Alarm,
denn jeder mark wat in sien Darm.
Hals över Kopp, in Plünnen un Puschen,
dään se na den Dokter ruuschen.
De schull dat Gift ut alle Magen
ruutpumpen, ahn noch lang to fragen.
Viellicht harrn se denn nochmal Glück.
De Dood seet jeden in’n Genick!

De Dokter hett mit’n Schlauch hantiert
un alle Veer dormit traktiert.
Denn gev he noch, to gooden Sluss,
för jeden een Glas Rhizinus.
Ook wull he Geld, ganz hoch taxiert,
- bi Pilze ward ja foorts kassiert.
Op’n Huusweg güng dat alle gut,
denn nu weer ja dat Gift herut.

Doch an de Katt hett dat nich legen,
de harr intwüschen Junge kreegen!

De Oogentest !
Een Auto, wat een Froo gehört,
weer mit „Hurra“ in’n Dörpsdiek föhrt.
De Froo würr rett ut ehre Kist
un weer vull Schiet un Dreck un Mist.

Bloots ehre Kohr kreeg man nich rut.
De Füürwehrshauptmann keem in Wut
un spann dree Trecker noch dorvör.
Ook dat würr nix. Schiet un Mallör!
An'n End haal denn de gode Mann
een Afslepp-Kran dorför heran.
De Afslepp-Fritze lach sik een
un meen denn bloots: „Wi wöllt mal sehn!"
Denn sä he to de Froo ganz fien:
„Woher hebb'n Se Ehr'n Führerschien?
Womögli ut de Lotterie
oder as Rabatt, so nebenbi
ut eenen „Tante Emma-Laden?"
Een Oogentest kunn woll nich schaden.
Man süht doch op den eersten Blick,
hier op de Tafel steiht ganz dick:
‚Diese Brücke endet gleich'
un nich: ‚Brücke zum Ententeich'!"

Seemannsgoorn !
Wat een echten Seeman is,
de hett ook siene Seemanns-Kist.
Souvenir's ut alle Welt,
de för em as wichti gellt,
kann he dorin opbewohrn,
ook sogor dat „Seemanns-Goorn".
So een Kist harr Seemann Kuddel.
He harr'n Sailschipp in een Buddel,
twee Kokosnööt ut Sumatra,
een Negerkuss ut Afrika,
ut China eenen langen Zopp
un ut Hawaii een Hula-Popp.
Dree Buddel Rum, dat is keen Quatsch,

weern ook dorbinnen, thanks very much,
denn een Sluck in the morningtime,
is beter as den ganzen Dag kein ein.
Dat Beste aver, wat he pleeg,
dat weer een oole Schipps-Afthek
mit Buddeln, Nummer een bet tein,
dor hölpt bi jede Krankheit ein.
De bruukt he bi een swooren Fall,
de lichten, de kurier he all
mit'n Schachel un een groten Buddel,
so speel he Schipps-Arzt „Dokter Kuddel".
Schull över'n Nabel mal wat sien,
geev't ut de Schachel Aspirin.
Harr ünnern Nabel man Verduss,
kreeg man dree Löpel Rhizinus.
Doch bi de Buddeln een bet tein,
dor harr he nülich sik verseihn.
De Schippsjung „Moses" weer böös krank,
he leeg al siet poor Dagen lang.
Dat hölp nix, nu müss Kuddel ran
un sleept sien Buddel-Kassen an.
Een slaues Book weer ook dorbi,
bi sien dösig Quaksalberie.
Moses weer seekrank, dat weer kloor,
Kuddel sä luut: „Wat maakt wi dor?
Hier steiht: Man nehme mit Bedacht
zehn Tropfen von der Nummer acht!
Tschä, acht is leer, denn helpt dat nix,
Nummer söss un twee de ward nu mixt!"
Un Moses sluck de Medizin.
De Schippsjung füng foorts an to schrien
suus ut sien Koje, rut an Deck,
un eh man sik verhaalt vun'n Schreck,
sprüng he wohrhaftig över Bord
un bölk dorbi noch wat vun „Mord!"

Denn swömm de üm dat Schipp poor Runnen
un weer in'n Ozean verswunnen.
So keem dat Schipp in Hamborg an.
Bedrübbelt weern nu alle Mann.
Doch stellt ju vör, dor an de Pier
stünn Moses! Schreet: „Ik bün al hier!
Mensch Kuddel. Diene Medizin
geev Turbokraft bet Hamborg hin!
Mi fehlt nu'n Sluck ut Nummer fief,
mit schieren Rum, de warmt dat Liev!"
Denn kneep he mit dat linke Oog
un rööp: „Ach Lüüd, för hüüt is noog,
denn mienen Törn, dat is gewiss,
is Semannsgoorn ut Kuddel's Kist!"

Dat Droomauto !

Twee Schipper sailten ut den Kroog.
De Weert harr seggt: „Ji hebbt hüüt noog!
Ju'n Grips is al op Reisen gahn.
Loopt man den Heimathafen an!"
Jan un Hein, total besapen,
torkeln nu los as wie de Aapen,
mal bet an den Straatenrand,
mal bet an de Grabenkant.
Opteens stünn Hein, piel as een Pahl
un wies dor in den Graben dal.
Dor leeg een Lenkrad, ganz alleen,
vun'n Auto weer nix mehr to sehn.
Hein haal dat hoch un sä: „Wees't wat?
Dormit föhrt wi nu in de Stadt.
Een Auto is al lang mien Droom.
Hauptsaak, wi föhrt nu nich an'n Boom,
oder een Schutzmann hölt uns an,
denn mööt wi noch to'n Pusten gahn.

To'n Glück heff ik keen Führerschien.
Wat uns nu fehlt, dat is Benzin.
Wi wöllt man vörher nochmal tanken,
denn disse Kist deit bannig wanken!"
Dor op de Tankstell keek man dumm,
un güng um beide Kerls herum.
„Vulltanken bitte, bet an'n Rand!"
rööp Hein in sienen Unverstand.
„Vergeet dat Schiebenputzen nich,
denn ik heff keene kloore Sicht."
De Tankwart lach un sä denn bloots:
„Bi Ju sünd alle Schruven los!"
Nu keem sogor uns Jan in Fohrt,
obwohl dat sünst nich siene Oart:
„Minsch Hein, dat hett uns jüst noch fehlt.
Bet hierhen hebbt wi uns nu quält.
Kuum hebbt wi'n Auto, Mann oh Mann,
fangt schon de Reparaturen an!"

Torüchbetahlt !

Buur Hinnerk Hansen weer een Mann,
den sehg man al vun wieden an,
dat he ünnern Pantüffel weer,
denn ahn sien Froo güng gor nix mehr.
Se harr dat Seggen op den Hoff
un dirigier mal fien, mal groff.
Jung weer se ook, kunn hartli lachen
un liekers weer dat Aas een Drachen.
Een's Dags würr Hinnerk starvenskrank
un wüss, he weer dor nu mit lang.
Doch se kreih bloots ut alle Ecken:
„Wat wullt Du dormit nu bezwecken?"
As dat mit Hinnerk güng to Enn,

dor holl se doch ut Angst sien Hänn.
Mit matte Stimm sä he: „Hör to,
ik warr in'n Heven gor nich froh,
wenn du de Johren hier alleen.
Heiradt man weer, ik wüss ook ween.
Nehm Du man Luten Moll as Mann,
denn hest Du mi'n Gefallen daan."
„Worum bloots utgerekend den?",
jammer de Froo un drück sien Hänn.
Ut Hinnerk's Oogen blitz een Licht:
„Dat is een laarige Geschicht.
För good tein Johr, dat schasst Du weten,
hett he mi mit een Koh anscheten.
Siet dunn sinnier ik, wie un wann
ik em dat torüchbetahlen kann."

Vör Gericht !
Hein Breckwold weer in Stadt un Land
as bösen Striethammel bekannt.
Gev dat in'n Dörpskroog Klopperie,
denn weer Hein Breckwold fix dorbi.
Nülich, dat weer al beten laat,
hett he Rabatz maakt op de Straat.
Mit Korl harr he sik in de Wull,
Eerst schimpten beide sik för dull,
mit „Maiaap", „Esel" un „Kamel".
Dat würr den Korl woll doch to veel
un he lang Hein wat an de Snuut.
Kloor kreeg de nu een Riesenwut
un ut de lütte Striederie
gev dat de schönste Rapserie.
All Lüüd würm waak bi so een Larm
un man haal foorts den Orts-Schandarm.

Wat keem woll rut bi de Geschicht?
Beide müssen nu to Gericht.
De Richter nöhm Hein in't Verhör:
„Nun schildern Sie mal, bitte sehr,
wie diese Schlägerei begann!“
Hein puust foorts los: „Hier – Korl füng an!
Beleidigt hett he mi! Jawoll!
De Schutzmann hett dat Protokoll!
As letzten Punkt noch babenop,
hett he mi een'n op't Oog rop kloppt!“
„Aha“, meen nu de Richter slau,
„dann hatten Sie ein Auge blau.
Hier steht, Sie haben dann benommen,
die Initiative in die Hand genommen!“
Dunn rööp uns Hein: „Hohes Gericht,
ganz so verhölt sik dat nich.
Een Initiative harr ik nich to Hand.
Ik harr ja ook keen lichten Stand.
Mien Krückschacht keem mi sehr gelegen,
dormit hett Korl dat Fellvull kreegen!“

Studiosus !

Studenten sünd för jeden Spaaß
un deshalb jümmers knapp bi Kass.
Studier-Gebühr, Kost un Logis,
veel düüre Böker noch dorbi
un dägli fiern in'n Stammcafe,
dat ritt een Lock in't Portjuchee.
Fridolin Pott weer so een Mann
un krück deshalb sien Vadder an.
Dat weer een Kerl, de weer nich bang
un bröcht foorts sülvst dat Geld mit lang.
He meen: „Eerst ward mal kontrolliert,

ob Fridolin würkli studiert.“
De seet to’n Glück in sien Logis
un harr veel Bööker bi sik bi.
Na de Begrüßung stöhn de Jung
un denn vertell he mit veel Schwung,
wat alles in sien Kopp rin schull.
Un weil dat de Professor wull,
müss he ook jeden Dag, to‘ lern’n,
de Vörlesungen afsolveer’n:
„Dat Fachgebiet is bannig groot
un bringt mi finanziell in Not.
Bööker – för Physiologie,
Physik, Botanik un Chemie,
för Medizin, Akkupunktur,
Theologie un Weltkultur.“
As Vadder meen: „Holl op, holl op!“
tell Fridolin noch wieder op:
„Vördräg över Zoo-o-logie
un morgen kümmt A-na-to-mie!“
Nu keem de Ool doch beten hoch:
„Aha, dacht heff ik mi dat doch.
Ik heff dat ja al jümmers wüsst,
dat Du een Casanova büst.
Een Froonsminsch also is bestellt.
Nu kümmt dat rut, woför dat Geld.
In de Oort sleist Du ganz na mi.
Hier, nehm de Schiens, de sünd vun mi.
Uns Modder heff ik nix vertellt.
Morgen kümmt Anna to Di? - Dat kost‘ Geld.“

Mehr Lohn un Gehalt !

Stellt ju vör, dor kümmt nülich eener bi sienen Scheff an un verlangt mehr Geld. He harr aver nich mit sienen Scheff rekend, denn de rekend em ook wat vör: „Nee, nee, kamen Se mi bloots nich mit Gehaltserhöhung. Ik kann mi dat Geld doch ook nich ut de Rippen snieden. Wo schall dat ook herkamen? Ik will mal an Se Ehr Ehrgeföhl appellieren, denn Se weeten woll nich, wie wenig Se överhaupt in mienen Betrieb arbeiden. Ik will Se dat mal vörreken:

Dat Johr hett ja, as Se weeten, 365 Daag. Stimmt doch? Dorvun slaapen Se 8 Stünnen jeden Daag. Dat sünd alleen 122 Daag. Denn blievt genau 243 Daag na.
Jeden Daag hebbt Se 8 Stünnen frie. Dat sünd nochmal 122 Daag. Tschä, denn blievt bloots noch 121 Daag na.
Dat Johr hett 52 Sünndage, wo Se ook noch frie hebben.
Wat blifft över? Genau 69 Daag!
Se reken doch mit? Ja?
Sünnavends ward nameddags ook nich arbeidt. Dat sünd 52 halbe Daag oder 26 ganze: Blievt also noch 43 Daag.
Nu aver wieder:
Se hebben jeden Daag 1 Stünn Meddag un bruuken so alleen 16 Daag Tiet to'n Eten.
Wat blifft över? 27 Daag!
Denn hebbt Se noch 14 Daag Urlaub. Somit blifft een Rest vun 13 Daag.
Nu aver kümmt dat:
Dat Johr hett 12 Fierdaag. Un wat blifft noch na? Jawoll, genau <u>een</u> Daag...
un dat is de 1. Mai, an den Se ook nich arbeiten köönt.
Un nu? Wöll'n Se jümmers noch mehr Geld??
Överleggen Se Sik dat man nochmal!"

De Opsatz !

Schoolmeister Knopp sä: „Kleine Leut‘,
das Aufsatzthema heißt für heut‘:
„Wie lernten sich die Eltern kennen?“
Den Titel müsst Ihr selber nennen.
Gar nicht so schwer, nur ein Bericht
eurer Familiengeschicht!“
Lütt Heini jubel innerlich,
denn vun sien Öllern de Geschicht,
de wüss he lang al ut den Kopp
un wüss ook foorts, de schriev ik op:
Sien Vadder meen, in Berchtesgaden,
in so een Tüdelüten-Laden,
dor harr he Modder toeerst sehn.
För em weern dat de schönsten Been.
Dat se ook baven noch een Kopp,
dat füll em eerst veel later op.
Doch se behaupt’t, an’n Königssee,
dor wo dat Echo schallen döh,
dor lööp he ehr eerst in de Mööt
un pedd ehr dorbi op de Fööt.
De Hauptsaak aver keem an’n Sluss:
Dat weer de blöde Gipfelkuss!
Weil Vadder dorvun mehr hebb’n wull,
hett se luut schreet un larmt wie dull.
So schreev uns Heini, ahn veel Qual,
nullkommanix sien Opsatz dal.
Dat Modder schreet he lööt he weg,
sien Öllern weer dat wiss nich recht.
Doch dat Ergebnis kunn man sehn,
denn he kreeg dorför prompt ´ne Een!
Vull Stolz wies he sien Öllern dat.
De weern ja nu eerst eenmal platt.
Sien Vadder fragt denn interessiert:

„Wat hest Du dor bloots phantasiert?“
„Ik schreev vun’n Tofall op de Welt
un heff denn wat vun Ju vertellt!“
Un Heini wies sien Heft tohööcht:
„Knopp hett nich mal na Fehler söcht.
Sogor den Titel fünn he good
un ünnerstreek em noch in Rot!“
Verwunnert sä sien Vadder: „Schön,
denn laat man mal Dien Maakwark sehn.
DeTitel interessiert mi sehr. –
Süht ganz good ut, is keen Gesmeer!“
Denn keek he stumm, he sä keen Wort.
Dat weer doch sünst nich siene Oort?
Denn aver pruust un lach he luut:
„Modder kaam her, nu is dat rut!
De Jung schreev hier vun uns wat op,
dat haut den Nagel op den Kopp!
He hett een dulles Thema hatt:
„Opfer der Berge!“ nennt he dat!“

Kinner-Zoo !

Kinnergeburtsdag is een Fest,
dor kriggt de Huusfroo oft den Rest.
Lütt Heini wull sienen Dag groot fiern
un döh sien Öllern lang al piern.
De geven endli grönes Licht
un wat maakt denn de lütte Wicht?
Sien ganze Klass ladt he groot in,
denn na Geschenke stünn sien Sinn.
Wat mutt man vörher alln’s bedenken?
Wat wünscht he sik? Wat schall man schenken?
Woveel Gören mögt woll kamen

un wer kennt se all mit Namen?
De gröttste Ruum würr utstaffiert,
mit Luftballons noch dekoriert
un alln's wat licht kaputt gahn kann,
dat keem in't Zimmer nebenan.
De Disch würr ook noch bunt verziert,
mit Plastik ünner, wenn't passiert,
dat mal een Glas dat Kippen kriggt,
denn bi so'n Fest mallört dat licht.
Alles würr köfft in'n Överfluss:
Torten, Koken, Negerkuss,
ook to Drinken gev dat slau,
Brause, Cola un Kakao.
Pükfien wuschen un frisiert,
mit Sünndagstüüg noch utstaffiert,
so keemen de Lütten alle Mann
to Heini's Fier pünktli heran.
Geschenke hett he foorts kassiert
un denn sien Gäst' na binnen führt.
All hebbt se tolangt, rein wi dull,
as wenn dat morgen nix geven schull.
Bi sowat döh nich een Kind fehlen,
doch na den Koken wull'n se speelen.
Se jachtern dörch dat ganze Huus,
dat weer een Juchen un Gesuus.
Se weeren schier ut Rand un Band,
dat sowat vörkümmt, is bekannt.
Lütt Philipp vun den Naver Smitt,
de maakt bi den Radau nich mit.
He seet ganz achtern in de Eck,
ganz blass as harr he eenen Schreck.
Heini sien Modder sä to em:
„Jung, wöllt de annern Di nich hebb'n?
Wat speelt Ji hier mit veel „Hallo"?"
Lütt Philipp de verkloor dat so:

„Dat Spill heet: Wilde Tier'n in Afrika!
Wer brüllt un hüppt, dat süht man ja,
denn hier speelt jeder siene Rull.
Ik bün „Stinktier“ un heff de Büxen vull!“

De niege Dokter !

Wer krank is, hört ook meist to Bett,
un wenn he'n goden Dokter hett,
de lött sik ook an'n Bett mal sehn
un bringt em wedder op de Been
Hein Butendörp weer bannig krank
un leeg nu al siet acht Daag lang.
Fiete, sien Fründ, besöcht em jüst
ut'n Naverdörp hier an de Küst.
Se snackten över düt un dat
un Fiete meen denn: „Weest Du wat?
Vör good acht Monat – oder negen,
hebbt wi een niegen Dokter kreegen.
Siet de Tiet is bi uns nüms krank.
Sülvst uns Pastor seggt: Gott sie Dank!“
Hein, de nu krank is, wunnert sik
un sä: „Wat hebbt Ji bloots för Glück!
Na Dien Vertell'n, so as dat schien,
mutt dat een düchtigen Dokter sien.“
Fiete wink af: „Dat wi gesund,
dat hett bi uns een annern Grund.
Geihst du mal hen, weil du wat hest,
denn meent he foorts, du hest de Pest.
Denn gnurrt he sik wat in den Boort
un schimpt ganz groff op siene Oort.
Man hört den Larm de Dörpstraat lang.
Vör luter Angst ward keener krank!“

Warme Stuten !

Bi'n Bäcker weer de Laden vull,
weil jeder Stuten köpen wull.
De Bäcker weer vun'n oolen Slag
un maakt gern Spaaß, dat jeder lacht.
Ob dat nu Witt- und Swartbroot weer,
ob Stuten, Rundstück un noch mehr,
mit veel Humor verköfft he frisch
sien Backwark över'n Ladendisch.
Hüüt keem een Frollein ut de Stadt
un harr gern Broot vun güstern hatt.
Hier speel de Tofall jüst een Rull.
Weil sowat nüms mehr köpen wull,
leeg so een Broot, nich mehr ganz frisch,
siet güstern ünner'n Ladendisch.
De Bäcker langt na't beste Stück
un rööp: „Wat hebben Se för'n Glück!
Ik heff dat, wenn Se't interessiert,
mit sövten Sinn al reserviert!"
Dat Frollein nöhm dat Broot in'n Arm
un meen: „Nee, dat is noch to warm.
Jüst warmes Broot verdrääg ik nich,
denn krieg ik Liefpien fürchterlich!"
Nu keem de Bäcker in de Fohrt
un he verkloor ehr op sien Oort:
„Nee, nee, dat Broot is würkli oolt,
dat is vun güstern un weer koolt.
Wenn Se meenen, de Warms vunwegen,
dor hett bet nu de Katt op legen!"

Dat Kunzert !

Frieda weer güstern in'n Kunzert.
Een Kunstgenuss is ja wat wert.
De Philharmonie ut Berlin
speel Dunner, Blitz un Sünnenschien.
In'n Programm kunn man denn lesen,
dat schulln veer Johrestieden wäsen.
Ehr Fründin Paula fraag ehr hüüt:
„Wat weern dat Publikum för Lüüd?
Hett de Kapellmeister good führt?
Wat hest Du dor vun Avend höört?"
Frieda stöhn op: „Oh Mann, oh Mann,
ik fang mal mit dat Hören an:
To'n Bispill Meta Bruhn ehr Deern,
de hett noch gor keen fasten Herrn.
Se is ook noch to jung to'n Friegen
un schall demnächst wat Lüttes kriegen.
Un Werner Pott sien groten Hund,
de hett den Naver Fiete Lund,
as beide in de Laube seten,
vun achtern in dat Sittfleesch beten.
Un Wilhelm Bull, de vörnehm deit,
nu kort vör siene Pleite steiht.
Ach ja, de Öllst vun Kalli Landt,
as Casanova ja bekannt
in unse Stadt hier op un daal,
de ward al scheedt to'n drütten Mal.
Un Rosa Mai ehrn Ehemann,
de fangt nu ook dat Suupen an.
He weer al jümmers Tüffelheld
doch woher hett he dorför Geld?
Noch wat, uns Höker ut Eutin
de harr ja gor keen Führerschien.
He föhr twee Autos in de Grütt

un geiht nu woll demnächst verschütt.
An'n leevsten harr ik noch mehr hört,
doch de Musik dorbi hett stört!"

Sien Wunsch !

Lütt Heini, sünst ut Rand un Band,
güng hüüt mit Oma Hand in Hand.
In'n Stadtpark bi den Aantendiek,
weer groot Gesnatter un Gequiek.
Heini streu dor sien Krömelbrot,
he glöövt, de Aanten weern in Not.
Op eene Bank na achtern to,
sett sik sien Oma un weer froh,
dat he nu mit den Aanten speel.
Anners würr dat woll noch Gequääl,
denn dat schien so, as weer he hüüt
ganz opgedreiht un ut de Tüüt.
As nu dat Aantenfodern all,
sprüng Heini hoch as weer he mall
un krööp op alle Vieren rüm,
dor, wo dat Gras an'n höchsten stünn,
un mit veel Jubel un Hallo
lööp he denn op sien Oma to.
De Büx vull Dreck bet an den Rand
un'n Büschel Gras in jede Hand,
so stell he sik vör Oma hin
un rööp: „Hier, Oma, biet mal rin!"
Oma wull nich un fraagt: „Wotau?"
Un de lütt Heini antwurt slau:
„Ik heff mi vörhen överleggt,
uns Papa de hett güstern seggt,
dat wi uns eerst een Auto leist',
wenn Du in't Gras mal bieten deist!"

Un Oma is in Eckernför !

So'n lütte Deern vun veer, fief Johr
will all'ns weeten, is doch kloor.
Se fraagt dat Hemd di ut de Büx –
doch de nich fraagt, de lernt ook nix.
Se fraagt un bringt ook bi Gelegenheit
ehr Öllern in Verlegenheit.
Nu leeg se wedder op de Luur,
ehr Opa weer hüüt an de Tour.
„Du, Opa“, seggt se, „weißt Du was?
In'n Kindergarten, Susi Lass,
die weiß schon alles, das ist wahr.
Sie wird ja auch schon bald sechs Jahr.
Sie sagt, wenn man Tabletten nimmt,
sie sagt, sie weiß das ganz bestimmt,
dann muss man keine Kinder kriegen.
Sie sagt, sie tut bestimmt nicht lügen.
Sie sagt, sie weiß das ganz genau,
denn so was weiß doch jede Frau.
Du, Opa, ist das wirklich wahr?
So ganz ist mir das noch nicht klar.“
Süüh so, nu hebbt wi dat Mallöör –
un Oma is in Eckernför –
to'n Kaffeeklatsch bi Hertha Kohrt.
Wat is dat överhaupt för'n Oort.
Dor sitt se nu to ehr Pläsier –
un bruukt ward se so nöödig hier!
„Doch, doch“, seggt Opa, „das ist richtig,
aber doch nicht jetzt gerade wichtig.
Das kannst Du nachher Oma fragen,
die wird Dir das schon alles sagen.“
„Du, Opa“, seggt se, „das ist gut,
das es so etwas geben tut“,
un maakt so'n wichtiges Gesicht,

„denn Kinder haben will ich nicht!
Was soll ich mit so'n lüttes Göör?"
Dormit weer se al ut de Döör.
Opa is platt, hett keen Rezept.
„Wat Kinner hüüt för Grappen hebbt!"
Nee, doch, denkt he, is dat'n Göör –
un Oma is in Eckernför!
Dat duurt nich lang, dat is doch kloor,
dor weer de Lütt al wedder dor.
„Du, Opa", seggt se, „sag mir nun,
was soll ich jetzt denn aber tun?
Kannst Du nicht nach Tabletten gucken.
Ich glaub', ich muss schon welche schlucken,
denn Platz ist da ja schon, hier guck!"
un wiest op ehren lütten Buuk.
Oh Gott, oh Gott, wat för'n Mallöör –
un Oma is in Eckernför!
„Da brauchst Du Dich jetzt nicht um quälen,
das wird dir Oma schon erzählen.
Die sagt Dir das dann ganz genau,
Du weißt doch, so von Frau zu Frau!
Nun geh man noch ein bisschen raus,
bis Oma endlich kommt nach Haus."
He maakt ehr op noch gau de Döör –
„Wenn Oma bloots vun Eckernför..."
Dat Duur nich lang, dat is doch kloor,
dor weer de Lütt al wedder dor.
„Du, Opa", seggt se, „die Tabletten,
wenn wir solche bei uns hätten,
dann könnt ich doch mal da an lecken
und ausprobieren, wie de schmecken.
Doch eins, das kann ich jetzt schon sagen,
da brauch ich gar nicht Oma fragen:
Wenn die Tabletten eklig sind, -
dann will ich lieber doch'n Kind!"

Nu is to laat !

De Oberförster Wulf würr krank,
doch nich to'n Starven, Gott sie Dank.
He aver glööv, dat weer vörbi
mit Wald un Forst un Jägerie
un lööt den Paster Eggert halen.
„För alles mööt wi mal betahlen!"
meen he to Eggert, as de keem.
„Ik segg nu, wat nich angenehm
un mi siet Johren al bedrückt.
Wenn ik an denk, warr'k noch verrückt!"
„Na denn", meen Eggert, „raus damit!"
un dacht, wat krieg ik nu woll mit?
Wulf denkt, he mutt nu bald vör't Brett,
mal seh'n, wat he utfreten hett!
De beiden weern al lang per „Du",
he sä deshalb: „Nur zu, nur zu!
Der Herrgott wird sich zwar nicht freuen,.
Was hast Du Schlimmes zu bereuen?"
„Nee, nee", sä Wulf, „leeg is dat nich,
dat is een laarige Geschicht.
Dat geiht nich gegen anner Lüüd,
mi aver ärgert dat noch hüüt.
Dat weer in miene jungen Johren.
Nich opgeklärt un unerfohren,
harr ik bi Oberförster Stamer
to'n Slapen een „Eleven-Kamer".
Dree Deerns harr Stamer, drall un rund
un noch keen Mann. Nu kümmt de Grund:
Dat weer woll in de Wintertiet,
buten weer't koolt un harr ook schneet,
ik leeg to Bett un kunn nich slapen
un meine Kamerdöör stünn open.
Dat weer woll kort vör Middernacht,

dunn keem een Deern, ganz liesen, sacht
un fraag mit eene Stimm, so sööt:
„Wie is dat, hebb'n Se koole Fööt?
Ik wärm de denn mal beten op!"
Blööd sä ik to de Zuckerpopp:
„Ach nee, mien Fööt sünd gotloff warm!"
Batz lööp se weg, as weer Alarm.
Dat duur denn gor nich alltolang,
dunn keem an't Bett de tweete lang
Ook de fraag dumm un kreeg Bescheed.
Wat denn keem, weer dat sülve Leed.
Nu stell Di dat doch bloots mal vör,
bald stünn de drütte in de Döör.
De fraag mi nu besonners sööt
na miene dösigen koolen Fööt.
Weil ik bi de ook ehrli weer,
bleev siet de Nacht mien Kamer leer.
Dor leeg ik nu mit warme Been
un slööp de ganze Nacht alleen.
Un annern Dag, nu kümmt dat Best',
bün ik bloots Luft för de dree west.
Süh un dat ärgert hüüt noch mi,
weil ik to dösig, jung wie nie,
bi so'n Gelegenheit – in'n Ernst –
keen koole Fööt harr för de Deerns!"

Marschmusik !
Heini sien Opa hör ganz slecht.
He kreeg kuum mit, wenn man wat seggt.
Vör'n Johrestiet harr he deswegen
een Hörgerät vun Oma kreegen.
Vör good acht Weeken maakt dat „TUT",
dunn weer de Apparat kaputt.

Gewiss, dat kann ja mal passiern.
Man bröcht dat Ding to'n Repariern.
Dat schien een groot Reparatur
un Heini's Oma luur un luur.
Denn aver reet ehr de Geduld,
so lang harr se nich töven wullt.
Se schickt lütt Heini los in'n Draff:
„Haal mal Opa sien Ohren af!"
Heini brumm los wie all de Göör'n,
denn Opa schull ja wedder hör'n.
De Hochfrequenzakustiker
meen denn: „Dat Ding weer lustiger.
De Reparatur wull mi nich glücken,
Ik müss den Apparat inschicken.
Bruukt Opa dat Gerät so fix?
Oft is dat good, man hört mal nix."
„Nöö, Opa is dat ganz egal",
sä Heini, „Oma schickt mi dal,
denn Opa is rein ut de Tüüt
un maakt Spijöök mit alle Lüüd.
Mien Oma hett dat bannig hild.
De is op dat Gerät ganz wild,
weil se uns' Opa, de nich still,
den Marsch mal wedder blasen will!"

Een klasse Tipp !

Hein Bohnsack keem in'n Schaukelgang
mit sienen Fründ de Dörpstraat lang.
In'n Kroog, bi'n Stammdisch, weer he stark.
„Wenn miene Froo man bloots nix markt!"
so jammer he nu vör de Döör.
Sien Fründ meen: „Dat is keen Mallöör.
Gah Du man lies de Trepp herop,

dat hört gewiss nich Diene Popp.
Denn treckst‘ Di vör de Slaapstuuv ut
un geihst trüchwarts na Dien Zuckersnuut.
Wenn se denn waak ward un maakt Licht,
denn markt se Dienen Duunas nich.
Denn geihst Du vorwärts un seggst denn:
„Ik mutt na ‚Tante Meier‘ hen!“
So glöövt se, Du weerst al to Bett
un morgen is se wedder nett!“
„Jau“, meen nu Hein, „dat maak ik so!“
un güng foorts na sien Slaapstuuv to.
Sien Tüüch hüng op de Deel an’t Brett
un he güng trüchwarts na sien Bett.
Bet twee Schreed keem he noch heran,
dunn knipst sien Froo de Nachtlamp an.
Hein brumm sienen Text, he wüss em noch,
dor keem sien Froo in’n Bett piel hoch:
„Dreih Di mal um un foorts för’t Brett:
Siet wann geihst Du mit’n Hoot to Bett?“

De Unfall !
Vadder sä: „Heini, kiek mal rut!
Worüm is dat dor buten luut?“
Heini brumm los. – Dat duur so’n beten,
denn keem he aver antoscheeten:
„Papa, de Lüüd vertellten all,
de Krach keem vun’n Verkehrsunfall.
Un denn weet ik vun Kalli Bruhn,
de Fohrer de weer sprüttenduun!
In’n Krankenwagen hett se sungen:
Schleswig-Holstein, meerumschlungen!
Un vörher is he, rein vergnöögt,
hier in de Siedenstraat inböögt!“

Sien Vadder rööp: „Wat tüünst Du dor?
Dat kann nich sien! Dat is nich wohr!
Wat snackst Du bloots för een'n Salat.
Hier gifft dat doch keen Siedenstraat!"
„Dat hett de Fohrer nich bedacht.
Deshalb geev dat vörhen so'n Krach!"

Dat Geschäft !

Lütt Heini harr de Masseln (Masern) kreegen,
dat keem em eegentlich ganz gelegen.
He dörf nich rut, müss binnen blieven
un in de School keen Arbeit schrieven.
Doch jeden Morgen, kort vör söven,
stünn he an'n Finster, um to töven
op siene Kumpels vun de Klass.
Dat weer för em de gröttste Spaaß.
Se winkten still, wie „Lebewohl!"
un güngen trurig hen to School.
Heini krööp denn nochmal to Klapp
un slööp sien Runden, nich to knapp.
He bruuk nich reken un nich schrieven,
kunn sik to Huus de Tiet verdrieven
un för den lütten, kranken Mann,
stell Modder noch dat Fernsehn an.
Dree Daag hett disse Tostand duurt,
dunn hebbt sien Kumpels ünnen luurt.
Se röpen all na baven rop:
„Heini, maak mal dat Finster op!
Vertellst Du uns ganz kort un schlicht,
wie man an'n schnellsten Masseln kriggt?
Wi weet intwüschen ook dat Best',
de Dokter gifft foorts Huusarrest.
Du schasst vun uns fief Euro kriegen

un wi verspreekt Di ook to swiegen!“
Lütt Heini nöhm de Saak ganz wichti,
denn so’n Geschäft weer för em richti.
He rööp: „O.K., de Hannel gellt.
Wat staht Ji rüm as nich bestellt?
Kaamt rop na baven, alle Mann,
för so veel Geld steek ik Ju an!“

Religions-Stünn bi de Lütten !
In’n Dörpschool, Negenteinhunnertkruuk,
wo Jungs un Deerns tosamen huukt,
all in een Stuuv, ob lütt, ob groot,
harr Lehrer Knopp sien leve Not.
Sien Stickenperd, man ahnt dat schon,
dat weer dat Fach „Religion“.
Hüüt weer nu bi den klooken Mann
de ünnerste Abteilung an:
„So Kinder“, sä he, „strengt Euch an.
Der Sündenfall ist nochmal dran.
Wie hieß der erste Mensch? Sagt vor!“
„Adam!“ röpen de Görn in’n Chor.
„Richtig! Und nun der Name seiner Frau?“
„Froo Adam!“ sä Johannes slau.
„Falsch!“ stoppt em Knopp, „Wer weiß das richtig?“
„Eva heet se!“ rööp Willi wichti.
„Gut Willi, nun erzähl uns mal,
wie war das mit dem Sündenfall?“
„Dat Paradies“, leggt Willi los,
„war für die beiden riesengroß.
Se kunnen eten wat se wull’n,
harrn op de Bank keen Pennig Schull’n
un löpen splitternaakig rum.

Dunn gev dat noch keen Publikum.
An eenen Boom, mit seute Appeln,
hüng een groot Schild: Hier nicht an grabbeln!
Wer dennoch hiervon essen tut,
de flüggt sofort dreekantig rut!
De zoarte Eva un de Slang
weern vör Gott un de Welt nich bang,
klauten een Appel, mit lichten Sinn,
un Schaapskopp Adam bet dor rin.
Dat weer ja nu een groote Sünn.
Man kreeg de beiden bi de Plünnen
un Cherubim in siene Wut,
smeet foorts de beiden Sünner rut!"
„Gut, gut", sä Knopp, „wer von Euch Blagen
kann dieses auch auf Hochdeutsch sagen?"
Foorts füng de lütte Susi an:
„Erst esste Eva – dann der Mann!"
„Susi: „esste" nicht – sondern „aß"!
Nun nochmal wiederhole das!"
„Aas segg ik nich. Ik heff deswegen
vun Modder mal een Morsvulll kreegen!"
„Welch Strafe war beiden beschieden?"
„Se müssen heiraten un Kinner kriegen!"
„Nein!" bohr Knopp wieder, „Wisst Ihr's nicht?
Im Schweiße deines Angesichts..."
„Sollst du auf dem Bauche kriechen!"
„Nein! So heißt es nicht, Mariechen!
Kalli, hast Du das vergessen?"
„Nee, Herr Knopp, Brot soll'n sie essen!"
„Gut. Das Paradies war ausgeträumt
und keine Notfrist eingeräumt.
Was heißt wohl „Notfrist"? Waldemar?"
De sprüng nu hoch in eenen Hurra
un gev to Antwurt ganz gediegen:
„In der „Not frisst" der Deuwel Fliegen!"

„Setz Dich: Was hat ein Mensch wohl dann,
wenn er des Nachts nicht schlafen kann
und schreckt dann auch noch in die Höh?“
„Denn hett he Wanzen oder Flöh!“
röpen de Görn nu in Verein.
„Ein schlecht Gewissen sollt es sein.
Ihr seid wohl noch zu jung und dumm.
Ich frage nun mal andersrum:
Wer schuf die Welt hier um uns her?“
Heini stünn op un wüss nix mehr.
Nu füng Joachim an to hissen:
„Heini kann das doch gar nicht wissen.
Er kömmt ja aus'm Köhlenrevier
und wohnt doch erst drei Wochen hier!“
„Setz dich!“ sä Knopp, „Im Kohlenpott
glaubt man auch an den lieben Gott!
Sein Geist ist hier und überall,
in Wald und Flur, in Haus und Stall,
ist ohne Leib und nicht zu seh'n!“
„Nanu!“, rööp Max, „Bloots Kopp un Been?“
„Ach Kinder, ihr versteht mich nicht.
Der Herrgott schuf ja auch das Licht
und schied es von der Dunkelheit.
Was heißt „geschieden“? Lasst euch Zeit!“
„Geschieden“, sä lütt Hannemann,
„fangt meistens mit Spektakel an.
Is, wenn de Fetzen fleegt, Herr Knopp,
un denn Twee uteenanner loopt!“
„Wofür gebrauchen wir das Licht?“
„Daags schient de Sünn, denn bruukt wi't nich,
un wenn de Sünn to Bett hen gahn,
knipst wi to Huus Elektrisch an!“
„Setz dich! Und wozu schuf Gott Tiere?
Na Franz?“ „Ich kenn vun Nutzen viere.
De Koh gifft Melk, dat Swien gifft Speck,

de Höhner klaut wi Eier weg.
Dat Schaap maakt Wull, een grooten Batzen
un Strümp dorvun doot aasig kratzen!"
„Nun gut", sä Knopp, „und diese viere,
sind das nun alles Säugetiere?"
„Oh nee", meen Franz, „dat sünd bloots dree.
De Höhner – dat is Fedderveh!"
„Naturkundlich bist du beschlagen.
Vielleicht können alle mir jetzt sagen,
wozu der Hering mag gehören?"
„To Pellkantüffeln!" röpen de Gören.
„Das gibt es nicht! Geht bloß nach Haus!
Das halt' ich ja im Kopf nicht aus!
Es reicht mir jetzt! Für heut' ist Schluss!
Doch eines ich noch sagen muss:
Wir machen mit der Bibel weiter.
Antwortet morgen mal gescheiter.
Ich wünsche euch mehr Grips im Kopp."
De Gören:
„Danke gleichfalls! Tschüß Herr Knopp!"

Füürwark !
All Lüüd schimpt – op de Regierung,
op Diäten-Regulierung,
op all de Stüürn hier op de Welt
un op das niege EURO-Geld.
Twee Tüdelbüxen dään dat ook,
obwohl se nich besonners klook.
Mit „Adam Riese" harrn se Striet,
de „Duden" weer nich ehr Gebiet
un liekers düchten se sik slau.
Doch doof blifft doof, dat stimmt genau!
Nülich, as streng Gewitter weer,

mit Blitz un Dunner un noch mehr,
lücht hell de Heven schier knallrot,
mit Krach as „Hau den Lukas doot“.
Dunn keken beid ut’t Finster rut
un schimpten krüüz un queer un luut:
„Wi hebbt dat doch al jümmers seggt,
wat sünd doch bloots de Tieden slecht!
Kiek hüüt mal uns Regierung an,
wat deit de för den lütten Mann?
Rein gor nix, alles ward bloots düür!
Wotau betahlt wi Mehrwertstüür?
Uns beiden laat se nich studiern.
Kiek rut! Um uns to imponiern,
dorför ward Füürwark groot bestellt.
För so een Schiet, dor hebbt se Geld!“

Hannes sien Rezept !

Bi’n Dokter güng de Praxis dull.
De Vörstuuv weer gerammelt vull.
Un du kannst seggen wat du wullt,
all de Patschenten harrn Geduld.
Man wüss, de Dokter weer een Mann,
de würkli jeden hölpen kann.
Bloots sien Rezepten, de he schreev,
een Book mit söven Siegeln bleev.
Keen Minsch kunn dat Geklierte lesen.
„Rezept, das unbekannte Wesen!“
Ook Hannes Bohnsack kreeg een mit
un güng to den Aftheker Witt.
De schürr den Kopp: „Es tut mir leid,
damit weiß ich auch nicht Bescheid.
Dor ward nich mal een Swien ut klook!“

sä he un keek in't Dokterbook.
„Es hat vielleicht 'nen andern Sinn?
Gehen Sie mal zur Behörde hin!"
Dat Ding is good, sä Hannes sik,
ik glööv, de Schien hier is mien Glück!
Un so keem Hannes ganz ahn Geld
bet hüüt dörch disse bunte Welt.
Güng he mal in't Museum rin,
höll he bloots sien Rezept mal hin.
Föhr he denn mit de Iesenbahn,
keek em de Schaffner eerst groot an,
segh dat Rezept un sä: „Is good!"
un döh, as tröck he sienen Hoot.
Sogor in'n Footballstadion
güng Hannes mit't Rezept herum
un kreeg denn jümmers, ahn Rabatz,
den allerbesten Ehrenplatz.
Dat dullste Ding is ook so'n Spaaß:
Hannes güng to de Rentenkass.
Wat glöövt ji woll, wat dor passiert?
Eerst hett man dat Rezept studiert
un na acht Daag kreeg he Bescheed:
Den Amtvörstaher döh dat leed,
man harr sien Krankheit översehn.
Un denn is ganz fix wat gescheh'n.
He kreeg een Hupen nabetahlt
un hett siet de Tiet Rente haalt!

Blau !

Bi'n Nachtdeenst weer dat hüüt mal still,
doch as de Düvel dat so will,
röter dat Telefon üm vier:
„Hier fünftes Polizeirevier!

Polizeihauptmeister Krause!“
un denkt, na tööf man, du Banause!
Een Männerstimm rööp zitterig:
„Herr Polizei, Se glöven dat nich!“
un denn vertell he ganz benaut:
„Man hett mi jüst dat Lenkrad klaut
hier vör den Kroog ‘>To’n blauen Engel<!“
Krause lach los: „Een blauen Bengel.
De warrt vun uns eerstmal kassiert,
bevör dor sünst noch wat passiert.
In’n Kroog is he woll länger west,
wi maakt ook gliek den Alkotest!“
Denn frei he sik, dat weer een Fang
un sä bloots kort: „Jau, wi kaamt lang!“
Ganz fix treckt sik de Ordnungsmann
sien niege Uniformjack an
un buten, op den langen Flur,
dor stünn al sien Kolleg un luur.
Doch as dat is bi so’n Statschoon,
rötert nochmal dat Telefon.
Krause hevt af, dat is doch kloor,
dunn seggt de Stimm: „Sünd Se noch dor?
Ik wull bloots seggen: >Entschülligung! <
vörhen harr ik woll to veel Swung.
Dörch dissen Schreck bün ik kuriert,
so wat is mi noch nie passiert.
Dat Lenkrad is nu wedder dor!
Nehm’n Se dat ganze mit Humor.
De Opregung heff ik nich wullt,
ik glööv, de veele Kööm hett Schuld!“
Un den seggt he noch ganz verlegen:
„Ik weer achtern in’t Auto steegen!“

De Angeber !

Een lüttjes Dörp, wiet weg vun’n Schuss,
gemütli un ook ahn Verdruss,
würr munter maakt mit eenen Knall.
Jüst as een Voss in’n Höhnerstall
ruusch dor een Porsche rin in’t Dörp
un huupt so luut, dat’t all Lüüd hört.
Een Kerl, een Fatzke allemal,
dreih denn dat Siedenfenster dal.
„He, Sie!“ rööp he, grotkotzig luut,
mit siene freche Grotstadtsnuut.
Hein seet gemütli op de Bank
un keek verwunnert na em lang.
„Hierher bin ik noch nie gereist.
Können Se mir sagen, wie’s hier heißt?“
Dat is so’n Fraag, de Hein nich mag:
„Bi uns hier heet dat: Goden Dag!“

Verkannte Kunst !

Snackt man ut Spaaß över de Kunst,
seggt man, se is total verhunzt.
Doch wohre Kunst, kümmt se vun Können,
mutt nich na Anerkennung rönnen.
Meisttiets hebbt dat de Künstler swoor
un kaamt in’n Leven nich recht kloor.
In’n Dörp weer nu een Künstler kamen
un harr sik dor een Wahnung nahmen.
As Maler weer he anerkannt,
harr Priese al ut jeden Land
un stell sien Biller, de he maal,
ganz groot herut in eenen Saal.
Nülich passier een dumme Saak,
de hett dat Dörp rebellisch maakt.

De Maler güng vun Döör to Döör,
stell sik as „Maler-Klecksel“ vör,
vertell vun Lüüs un Tüüs un Flöh,
denn he studier jüst so’n Milljöh
un söcht in’n Dörp noch babenop
een zünftigen Charakterkopp.
As he bi Hannes Bohnsack weer,
meen he to em: „Ich such nicht mehr.
Sie sind mein Mann, mit einem Schopf,
als richtiger Charakterkopf!“
Hannes denkt na: ‚Wat hett he seggt?
Is dat nu good? Is dat nu slecht?
Charakterkopp, wat mag dat sien?
Viellicht een anner Wort för Swien?‘
Denn würr he kreevtroot in’n Gesicht:
„Beleidigen laat ik mi nich!“
He packt den Maler in sien Wut
un smeet em foorts dreekantig rut!

Fief mal fief !
Oha, dat is een böös Geschicht,
wenn man dat mit de Nerven kriggt.
Een Klinik nimmt di eerstmal op
un denn stellt man di op den Kopp.
Büst du denn bloots so’n lütten Fall
un du büst ruhig un nich mall,
denn büst du dor de längst Tiet west,
doch vörher maakt man noch een Test.
Man ritt sik Fragen ut’n Liev,
to’n Bispill: „Wat gifft fief mal fief?“
De Eerst, de ankeem, harr keen Glück,
denn he meen: „Achtunveertig Stück!“
Man sä to em: „Du bliffst noch hier.

Du hest bi uns een good Quartier!“
De Tweete schull entlaten warrn,
doch de tell ook noch to de Narrn.
Bi fief mal fief rööp he ganz luut:
„Ik weet, dor kaamt fiefhunnert rut!“
De kunn ook noch beten blieven
un sik hier de Tiet verdrieven.
De drütte aver, de schien slau,
denn he sä op den Punkt genau:
„Fiefuntwintig! Sünst noch wat?“
De Kommischon weer eerstmal platt.
Denn fraag em een: „Woans vunwegen
hest Du dat Ergebnis kreegen?“
De Antwort is meist nich to glöven:
„Ganz eenfach: Dusend weniger söven!“

Telefonitis !
För de Zivilisation
is de Erfindung „Telefon“
eegentli de gröttste Segen.
Stellt ju vör, de langen Wegen,
um to snacken oder koopen,
müss man dägli rünnerloopen.
Nu hebbt Froonslüüd de Eegenoort
un hollt nich gern an’n Dag den Boort,
sünd nich vör Dood und Deuwel bang
un snackt an’n levsten stundenlang.
So is’t ook bi Froo Meier west.
Dat Telefon, dat weer ehr best‘.
Bloots bi ehr geev’t een grote Last,
an’n Telefon beet se sik fast.
Konrad, ehr Mann, de arbeidt düchti,
doch se weer bannig eifersüchti

un rööp deshalb so dann un wann
in sien Büro in Hamborg an.
Ach ja, dat hört ja noch dorto,
de Wahnung weer in Oldesloe.
Sühso, nu kümmt de beste Saak:
He harr in Hamborg Fieravend maakt
un wull jüst ut't Büro rutgahn,
dunn rööp sien Froo noch eenmal an.
He harr wat anners al in'n Kopp
un seggt bloots: „Ja?" un leggt denn op.
Na'n halve Stünn weer he to Huus.
Sünst kreeg he een Begrüßungskuss,
nu stünn sien Jüngsten in de Döör
un rööp: „Papa, stell Di mal vör,
uns Mama is bi'n Tele-niern,
dat ward Di wiss ook interessiern.
Dat geiht al över'n halve Stünn.
Wenn Du nu ringeihst, fallt se üm
vör luter Schreck! Dat will ik sehn!"
„Wieso, worüm, is wat geschehn?"
De Jung lach los: „De Spaaß dorbi,
se snackt noch jümmers dor mit Di!"

Höflichkeit !

Paul Meier harr bannig Verdruss,
he leeg verletzt in'n Krankenhuus.
Man harr em eerstmal operiert
un denn noch düchti bandaschiert.
As Huupen Unglück antosehn,
leeg he in'n Zimmer ganz alleen.
Na dree Daag endli, dat harr Sinn,
stell man een Bett bi em mit rin.
Gesellschop lenkt bekanntli af.

Paul aver, de weer eerstmal baff,
denn de Patschent dor in de Döör,
de keem em echt chinesisch vör.
Ganz quittengeel weer sien Gesicht,
Paul dacht, noch geeler geiht dat nich.
Wat seggt man to so'n China-Mann?
Wie fangt man dor Gespräche an?
Doch fix behevt sik dat Mallöör,
de Geele stell sik sülven vör:
„Herr Bettnachbar, nur keene Furcht,
ik bin Berliner, durch und durch.
Jeschtatten, Krause, Hepatitis!"
Egal, denkt Paul, wer hier bi mi is
un seggt: „Mi geiht dat ook nich good.
Angenehm, Meier, Überholverbot!"

De Erkenntnis !

Bi'n Schüttenfest un Schüttenball
is meist de ganze Gegend mall.
Eerst dreiht sik alles üm dat Scheeten.
„Wer ward woll König?" will man weeten.
Wenn dat nu beten länger duurt
un alle Lüüd denn luurt un luurt,
nimmt mennigeen poor Kööm vörweg.
Den Kröger is dat bannig recht.
De Stimmung stiggt in bester Luun
un mennigeen ward dorbi duun.
So na un na fangt alle Mann
bi so een Fest dat Torkeln an.
Un bald ertönt ook noch Gesang,
dor ward de Hunnen in'n Dörp vun bang.
Jüst bi de grote Larmerie
güng Paster Eggert dor vörbi.

He hör un sehg sik dat mit an
un is denn in sien Kark ringahn.
He schickt een still Gebet to'n Heven.
De Herr schull man de Lüüd vergeven,
dat hüüt keen Minsch hier in de Kark.
Un denn, gefestigt, seelisch stark,
marschier he snuurstracks hen to Kroog.
De meisten Kerls harrn dor al noog
un larmten nu to'n Gaudium
al buten op de Straat herum.
Vull Övermoot, vergneugt un froh,
tokelten se op den Paster to.
Eggert, nich bang, füng twee Mann op
un denn güng em dat dörch den Kopp:
Wenn man bedenkt, so'n Unverstand.
Uns Herrgott is doch toloerant.
Ook disse sprietvergneugten Narrn
schöllt irgendwann mal Engel warrn!

Wees't Bescheed !
Hinnerk packt de Zeitung daal:
„Wat meenst Du Minna, hör doch mal,
dat ward Di wiss ook interessiern.
Wat gifft dat doch komische Tiern.
De Beduinen hebbt meist veele
Dromedare un Kamele,
de arbeidt acht Daag in eenen Ruck
un suupt dorbi nich eenen Sluck."
Minna lach los: „Dat is wat wert.
Bi Di is dat ja ümgekehrt.
Jümmers to „Gill" ward mi dat kruupen,
Du kannst ahn Arbeit acht Daag suupen!"

„Grimms Märchen“ in de Slaapstuuv !
Nülich krüüz Kalli bi mi op,
mit’n groten Plünnen üm sien Kopp.
Ik rööp: „Weerst Du in’n Morgenland?
Wo kümmst Du bloots bi den Verband?
Wat hest Du maakt?“, wull ik noch weten,
„Wat hest Du Sluusohr denn bereeten?“
Kalli vertell mi sien Geschicht
un meen vergrellt: „Du glöövst dat nich!
Mien Froo, dat is mi endli kloor,
hett gor keen Sinn för so’n Humor.
Ik holl alleen mien Meddagsstünn.
As buten schient so schön de Sünn,
riet ik de Finster sparrwiet op
un denn flüggt jüst mi op den Kopp
een Smetterling, ganz zoart un bunt.
Dat harr een Engel wäsen kunnt.
Un disse lüttje Botterlicker
de seggt wohrhaftig: „Du, mein Dicker,
küss mich ganz zart und liebevoll.“
Ik dacht, ik drööm, dat weer dat woll.
Doch nee, nu seet he op mien Ohr
un sä: „Ich sag Dir’s nochmal vor.
Ich bin erlöst, wenn Du mich küsst,
was dann auch nicht Dein Schaden ist!“
Wat meenst Du woll, ik heff dat daan.
Dat knall as op de Kegelbahn
un neben mi, nu kümmt de Saak,
dor leeg een Deern, ganz splitternaakt!
Ik strakel jüst de Zuckerpopp,
dor geiht de Dör to Slaapstuuv op!
Mien Froo! De stellt sik stramm vör’t Bett.
Wat denn keem, dat weer gornich nett.
As ik ehr noch verklooren wull,
vun’n Smetterling un miene Rull,

wull se dorvun nich een Woort glöven
un güng opdaal jüst as so'n Löwen.
Ik keem denn ook nich mehr to Woort,
opletzt dor schree se bloots noch Mord.
Nu will se Scheidung, bannig flink
un dat bloots wegen een Smetterling!"

De Irrtum !

Froo Klutenkamp harr dat böös suur,
se weer, wie jedes Johr, op Tour.
To'n Harvst güng se vun Döör to Döör
un spröök ook bi ehrn Dokter vör.
In'n Vörruum weer hüüt nüms to sehn,
dat schien, de Dokter weer alleen.
Se klopp kort an un güng denn rin,
se harr bloots ehr Geschäft in'n Sinn.
De Dokter keek jüst in een Book
un maakt sik över'n Krankheit klook.
He sä bloots: „Moin" – Trecken's sik al ut."
Dat döh se nich, ehr güng dat gut.
Se töööv un stünn un röög sik nich
un maakt een wunnerli Gesicht.
De Dokter keek nu hoch vun'n Book
un meen: „Wat is? Sünd Se nich klook?
Klamotten weg, as sik dat hört
weil de bi'n Ünnersökung stört!"
Nu hölp dat nix, se tröck sik ut
un dacht, dor kümmt doch nix bi rut.
Denn drängel he ook noch: „Man to.
Wat hebb'n Se denn, mien beste Froo?"
„Ik heff nix", sä Froo Klutenkamp,
„mien Mann, de schick mi bloots hier lang.
Herr Dokter, ik bün ganz gesund,

ik kaam ut eenen annern Grund:
Wie letztes Johr wull ik bloots fragen,
wölln Se in de nächsten Dagen,
weil wi uns doch siet Johren kenn'n,
Winterkantüffeln vun uns hemm'n?"

Vull dorneben !

Een Eros-Center, wie bekannt,
is mehr för Mannslüüd interessant.
Jüst so een Ding wull man nu buun
un man vertell sik in'n Vertruun,
de Schuppen schull an'n Stadtrand stahn.
Dor füng de niege Siedlung an.
De Anwohner wulln protestiern.
Wer hett dat vör de Döör woll giern.
„So'n ‚Sündenbabel' haal de Schinner!
Wer denkt dorbi an Froo un Kinner!"
So stünn dat groot un breet in'n Blatt.
So'n Opstand harr man noch nich hatt.
Rabiate wulln op de Stell
den Börgermeister an sien Fell.
Gemäßigtere meenen: „Verhanneln!
Eerst eenmal Ünnerschriften sammeln."
Viellicht klappt dat dormit famos
un de Buu geiht denn nich mehr los.
Mit so een List keemen dree Mann
nu ook bi Oma Dettmann an.
Se verklickerten ehr hoorkleen,
wat in düt Veertel schull geschehn.
Hier rundherüm weern all Lüüd mall,
wegen den sittlichen Verfall.
Bloots Oma Dettmann röögt dat nich

un meen dorto ut ehre Sicht:
„Wat reegt Ji Ju doröver op?
Sind Ji denn nich mehr kloor in'n Kopp?
De Ünnerschriften hebbt keen Sinn,
doch mi fallt veel wat Beter's in.
Ik bün ja nu nich good to Foot
un in so'n Center löpps't di dood.
Köffs't dor nich in, giff't keen Verdruss.
Ik kööp bi ALDI – Basta – Schluss!"

De Klassenarbeit !

Schoolmeister Knopp seggt: „So, Ihr Lieben,
heut' wird 'ne Arbeit noch geschrieben.
Ich denke an Mathematik.
Behaltet gut den Überblick!"
Oha, denkt Heini, so een Schiet,
un dat jüst in de Wiehnachtstiet,
denn nächste Week is al dat Fest.
Knopp, de gifft uns noch den Rest.
Hett he noch Tiet to korrigiern?
Dat würr mi würkli interessiern.
He meldt sik un fraagt denn: „Herr Knopp,
mir geht gerade durch den Kopp,
hat denn das Arbeit-Schreiben Sinn?
Morgen ist Ferienbeginn!"
Knopp sä fründli: „Setz Dich nieder.
Die Hefte kriegt Ihr alle wieder
zum Schulbeginn im nächsten Jahr.
Korrekt zensiert, das ist wohl klar.
Ich will Euch nicht das Fest verderben,
denn meistens schreibt Ihr Schrott und Scherben!"
Un denn diktier Schoolmeister Knopp.

De Gören dampte bald de Kopp:
Dreesatz – Prozente – Wöttel trecken,
dorbi noch denken üm dree Ecken.
Heini maakt dissen Quatsch nich mit.
In'n Rekenheft, jüst in de Mitt,
malt he ganz bunt, as Werbespot:
– Die Lösung weiß der liebe Gott! –
Dorünner noch, as letzten Rest:
„Ich wünsch ein frohes Weihnachtsfest!"
In'n Januar, to'n Schoolanfang,
würr Heini doch so'n beten bang.
Hoffentli harr Knopp Sinn för Humor?
So weer dat ook, in'n Heft stünn dor:
„Deinem Schreiben habe ich entnommen,
der Herrgott hat 'ne „1" bekommen.
Bei Dir ist's leider wie verhext.
– Prost Neujahr! – Und Du hast 'ne „6" !"

„Prost Niejohr !"
An'n Niejohrsmorgen, halvi acht,
stünn Grotbuur Jansen dor un lacht,
denn vör sien Finster, as he seh,
stünn ringepinkelt in den Snee
twee Wöör: „Prost Niejohr!" groot un breet,
Buur Jansen wüss ook foorts Bescheed,
dat dat för em weer un good meent.
Dat hier de Snee as Tafel deent,
weer dorbi woll de gröttste Spaaß
un dorum fraagt he Grotknecht Klaas:
„Wer hett dat maakt? Kaam mal herin!
Wer hett so'n Kreienschiet bloots in'n Sinn?"
As Klaas markt, dat de Buur nich grollt,
smustergrien he un sä vull Stolt:

„Wi hebbt de Nacht Silvester fiert
un bet to'n Sluss uns amüsiert.
If heff dat maakt, weil wi vergnöögt!
De ganzen Deensten hebbt sik höögt!"
Jansen lacht: „Dat kann nich wäsen.
Soveel ik weet, kannst Du nich lesen.
Vertell mi bloots keen dumm Geschicht.
Dat man mi anlüggt, mag ik nich!"
„Nee, nee", meen Klaas, „dat stimmt! Mien Wuurt!
Dat hett ja ook een lang Tiet duurt.
Een helpt den annern ja in'n Leven.
De Dinte is vun mi – Trina hett schreven!"

De Ehe-Strip !

Hannes weer nu al to Johren,
drünk lever Rotwien as een Klooren.
Mit sien Froo Meta, de weer nett,
güng he al föfftig Johr to Bett.
In all de Johr'n, dat interessiert,
harr se as Huusmann em dressiert.
Sien Etenkaken klappt wie nix,
waschen un bügeln kunn he fix,
för'n Huulbessen har he'n Führerschien,
un Meta leeg op de Couch un grien.
Wenn se lackier ehr Fingernägel,
steeg bi em de Arbeitspegel.
Bi so'n düchtigen Ehemann
harr se an'n Dag dat Fernsehen an.
Weer Sendepaus, speel se ganz Dame,
smöökt, nascht un leest Liebesromane.
To'n Klagen harr se keenen Grund
un weer intwüschen kugelrund.

De Leev harrn beide lang vergeten,
ook wenn se op de Bettkant seten.
Füng se den Ehe-Striptease an,
speel he perfekten Ehemann,
hett tokeken, ganz interessiert,
un in Gedanken Wäsch‘ sortiert.
He puust dat Licht ut, seggt: „Good‘ Nacht!“
un hett in’n Stillen bi sik dacht:
„Buntwäsch, Kaakwäsch, Schonwaschgang,
dor bün ik morgen fix mit lang!“

Dat Gästebook !

Hotels leggt dorop groten Wert,
dat man Tofredenheit beschert.
De Gast is König, överall,
ook wenn sien Wünsche noch so mall.
Meist gifft dat noch een Gästebook,
dor schrifft man denn, ob dumm – ob klook,
as Widmung noch poor Reigen rin,
mennigmal ganz ahn veel Sinn.
So schreev een Gast: „Mit meiner Frau
war ich heut‘ hier. Und ganz genau,
wie wir es uns schon vorgestellt,
ist dies Hotel noch „heile Welt“,
wie im Prospekt auch anzusehn.
Mit einem Satz: Es war sehr schön!“
Poor Weeken later kunn man lesen:
„Auch ich bin im Hotel gewesen.
Ik harr nu gor keen Froo dorbi,
heff herrlich leevt, vergneugt un frie.
Ook hier in’n Ort giff’t smucke Höhner.
Mit eenem Satz: Dat weer veel schöner!“

De private Duden!

Lütt Heini maakt sien Schoolarbeit.
Vun Huus ut weer he recht gescheit
un liekers kümmt dat ja mal vör,
dat man wat schrifft, bloots na Gehör.
Meist stellt sik denn ook Twiefel in,
wat richti is, kümmt nich in'n Sinn.
Hüüt seet sien Opa mal bi em
un Heini keem jüst in de Klemm.
So fraagt he: „Opa, komm mal her.
Wie schrifft man richti >Dat Gewehr<?
Stimmt dat mit >ä< oder mit >e<?
Du weest dat doch, as ik dat seh,
denn Du hest ja dormit al schaten.
Op Di kann ik mi woll verlaten!“
Sien Opa sluckt eerst mal so'n beten,
wie't schreven ward, harr he vergeten.
Un he sinnier een ganze Tiet,
denn seggt dat „klick“, he weer sowiet:
„Heini“, meen he, „dat is nich licht,
denn ganz genau weet ik dat nich.
Schriev Du man eenfach >Flinte< hen,
dat is dat sülvige an'n End.
Un noch wat is bi >Flinte< wichti,
mit >V< wie Pfingsten, denn is richti!“

Gasalarm !

Schoolmeister Knopp leeg krank to Bett.
Sien jung Kolleg de weer so nett
un maak Vertretung in sien Klass.
Na, dat weer för de Göörn een Spaaß.
Dat is ja allgemeen bekannt,

Schoolmeister hebbt keen lichten Stand.
De sövte Klass vun Lehrer Knopp,
stell de Behauptung op den Kopp.
Hier steek noch Tucht un Ordnung in,
so harr de Ünnerricht noch Sinn.
Doch leider güng all poor Minuten,
een vun den Göörn ganz still na buten.
Na'n korte Tiet keem he weer rin
un sett sik op sien Platz weer hin.
So güng dat ook de tweete Stunn,
jümmers weer eener mal verswunnen.
Den jung Kolleg würr dat to bunt
un fraagt de Klass nu na den Grund.
Luten de Snacker stünn nu op
un he verkloor: „Uns Lehrer Knopp
hett meent, bi uns hier in de Klass,
dor rüükt dat dann un wann na Gas.
Jawoll, nu kieken Se uns an.
Een jeder Minsch hett so een Hahn
bi sik in siene eegen Büx.
Bevör wi em opdreiht so as nix,
schöllt wi uns vörher nich lang mell'n,
verwinnen un denn bet föfftein tellen."
Truschüllig seggt denn unsen Luten:
„To'n Stinken gaht wi nu na buten!"

De Spezialist !

Bi'n Orthopäden keem een Mann
wegen siene Plattfööt an.
De Dokter lees eerst den Bericht
vun'n Huusarzt, dat weer Plicht.
Denn sä he so ganz nebenbi:
„Maken Se de Fööt mal frie!"

Nullkommanix harr nu de Mann
keen Schoh un ook keen Strümp mehr an.
Un denn is dat ja woll geschehn,
den Dokter hör man luuthals schreen:
„So'n Farken kümmt mi in de Mööt!"
Waschen Se eerstmal de Fööt!"
He snapp na Luft mit'n rooden Kopp
un reet foorts Döör'n un Finster op.
Bloots den Patschenten maakt dat nix,
de treckt sik wedder an ganz fix
un sä denn dröög: „Mi is dat recht.
Mien Huusarzt hett dat ook al seggt.
Dat Se dat ook meenen, hett mi freit,
denn disse Angelegenheit,
wo ik wat ünnernehmen schall
in so een ganz intimen Fall,
beschäftigt mi nu al siet Daagen.
Ik wull bloots noch den Facharzt fragen!"

De niege Büx !

De eersten dree Johr, wat een Segen,
harr een lütt Jung de „Pampers" kreegen.
He harr een wieden Kittel an,
so keem man beter an em ran.
Nu endli weer de Tiet vörbi
un he keem vun de Windeln frie.
He kreeg een lütten Pott för sik
um meister alles mit Geschick.
Sien Modder meen: „Nu, mienetwegen,
kann unse Jung ook Büxen drägen."
Ook Vedder sä: „Dat freut mi ja."
un köfft een Büx bi „C&A".
As se de Büx nu anprobiern,

meen Vadder: „Schull dat doch passiern
un he hölt jümmers noch nich dicht,
denn sitt wi an mit sien Geschicht.
Denn hest Du Diene leve Not
un ik, för mien'n Deel, lach mi dood!“
An'n Sünndag güngen de dree spaziern
in'n Tierpark, bi de wilden Tiern.
Vadder, Modder un ook de Lütt
gönnten sik les ut'n Waffeltüüt.
An den Dag weer dat bannig warm,
de Lütt wull jümmers op den Arm.
„Nix dor“, meen Vadder, „hier löppt jeder
un avends slöppst Du teinmal beter!“
Op eenmal bleev de Jung batz stahn
un wink denn sienen Vadder ran.
He swiester:“ Wenn dat interessiert,
mi is jüst eben wat passiert.
Vöher weer ik in grote Not.
Mien Büx is vull – nu lach Di dood!“

Wat mutt, dat mutt !

So'n Spaß hett Heini lang nich hatt.
He föhr mit'n Fohrrad dörch de Stadt.
Vörn an sien Lenker, good justiert,
harr he een Inkoopskorf montiert.
Sien Swester, noch nich ganz twee Johr,
se seet sünst in de Kinnerkoor,
de harr uns Heini, weil he nett,
nu vörn in dissen Korf rinsett.
He harr dat Rad eerst beten schaven,
denn an de Straateneck dor baven,
sweng he sik op den Sattel rop
un för denn los in'n Swiensgalopp.

He grüßt un wink na alle Sieden.
Ja, so een Bengel müch man lieden.
Vör jede Krüzung höll he an.
Wat denn passier, dat weer een Schann!
Bevör he losföhr, kreeg de Lütt
in'n Korf vun em wat an de Bütt.
De bölk denn los, dat is doch kloor
un all de Lüüd würr'n dat gewohr.
Vun achtern keek sik dat een Mann
nu al dree Krüzungen mit an.
Denn överhaal he mit sien Rad,
stopp Heini un rööp: „Weest Du wat?
Du dumme Jung, wat fallt Di in?
Wat hett dat ganze för een Sinn?
Du haust Dien Swester, dat se weent?
Dorför hest Du sülvst wat verdeent!
Kiek mi nich frech noch in't Gesicht.
So'n lütte Popp de haut man nich!"
Uns Heini döh ganz schuldbewusst.
He wüss, dat sowat kamen musst
un gev dorüm den Mann Bescheed:
„Mi deit dat sülven ja ook leed,
doch dat schall annersrum ook heeten:
De Minsch mööt sik to helpen weeten!
Dorüm meen ik: Wat mutt, dat mutt!
Denn miene Klingel is kaputt!"

Good versichert !

Ferientiet is Reisetiet
un Europa groot un wiet.
Familie Meier, mit dree Göörn,
wull'n mal an den Atlantic föhr'n.
In twee Daag, mit'n Wohnmobil,

weern se endli ook an'n Ziel.
De Campingplatz weer dicht an'n Strand
un Meier's Göörn ut Rand un Band.
Ob dat nu Ebbe oder Flut,
de Vadder swömm foorts wiet herut
un ook de Gören, alle Mann,
wull'n denn ook achter'n Vadder ran.
As dat nu de Froo Meier sehg,
rööp se ehr Kinner na de Reeg
un weil se noch besonners luut,
keemen all de Göörn ut't Water rut.
Denn fragten se, all splitternaakt:
„Worüm hest Du so'n Larm hier maakt?"
De Modder wies op een groot Schild:
„Dat leest, dorüm bün ik so wild!
In alle Spraaken, groot un breet,
kriegt hier de Sommergäst Bescheed:
>Haifische sünd hier een Gefohr!<
Dor müss ik ropen, is dat kloor?"
Dunn fraagt de Lüttste, de heet Luten:
„Worüm swömmt denn uns Vadder buten?"
Un Modder Meier, de verkloor:
„Bi Vadder is dat keen Gefohr,
de dörf dat jeden Dag, mien Jung,
för den hebbt wi'n Versicherung!"

De Vertreter !

Wer Staubsauger verköpen kann,
is hüttodaags een Wundermann.
Huulbessen sünd gewiss vun Nutzen
un liekers mööt man Klinken putzen.
Vun Döör to Döör – dor warrs't verrückt –
hett jeder Huushalt good dree Stück.

Een Wunderkerl, noch topmobil,
nöhm een groot Hochhuus as sien Ziel.
Den Ingang gev dat bloots vun vörn
un jüst dorvör speelten dree Göörn.
De öllste dorvun weer een Jung,
mit grote Klapp un freche Tung.
He güng ganz diplomatisch ran
un sä: „Verzeihung, kleiner Mann,
ist Deine Mutter heut zu Haus?
Oder ist sie zur Zeit grad aus?“
„Oh ja, de is to Huus un sweet
bi'n Fröjohrsputz, soveel ik weet.“
Dat klüng as süngen duusend Geigen.
Dor kunn he wiss sien „Kobold“ zeigen.
He keek kort op den Hüserblock:
„Nu sag mir noch, in welchem Stock?“
„Wi want in'n teinten babento!“
Ja, nur weer de Vertreter froh
un güng denn, mit vergneugten Sinn,
foorts in den groten Ingang rin.
De Fohrstohl, leider, weer kaputt.
Dat maakt em nix, wat mutt, dat mutt!
Ganz natt vun Sweet, na'n halve Stünn,
weer de Vertreter wedder ünnen.
Snappt sik den Jung, de dor noch speel:
„Versproken hest Du mi ja veel.
Dat Dumme is bi de Geschicht,
den teinten Stock, den gifft dat nich!
Acht Stockwark güng dat bloots na baben.
Ik glööv, Du hest mi fix belagen!“
De Jung blarr luut, as harr he'n Schock:
„Se hemm‘ mi fraagt, in wat för'n Stock.
Ik wahn in Kiel, in Düsternbröök,
un bün hier bloots mal to Besöök!“

Büxentaschen-Telefon !

Oha, ganz fröher weer dat leeg.
Depeschen güngen lange Weeg.
Man schreev op Pergament, nich op Papier,
un övergev dat een Kurier.
Nahstens gev't hier to Lannen de Post,
weil dat een Barg weniger kost'.
Bald keem dat Telefon dorto
un ut weer't mit de gode Rooh.
Un is de Partner noch so wiet,
man spoort lang Weeg un ook veel Tiet.
Nu, hüüt todaags, ji ahnt dat schon,
hebbt wi een Büxentaschen-Telefon.
Wi nich alleen, nee, ook de Göörn,
de kanns't an alle Ecken hörn.
Se schickt sik SMS statt Breef,
dat geiht rasant un nix geiht scheev.
Un ook för luter Övermoot
is mennigmal so'n Handy good.
Woans man Blödsinn maken kann,
wies tweemal de lütt Hannemann:
So rööp op't eens lütt Hannemann
bi'n Bäcker in de Backstuuv an
un fraag ganz höfli un ook nett,
ob he noch oole Brötchen hett.
De Bäcker meen, nu gaht se weg,
ansünsten ward se mi noch slecht
un sä: „Jau! Woveel schöllt dat ween?"
„Gor keen, de eten's man alleen!"
kreih nu de lütt Hannemann.
Denn rööp he bi den Slachter an.
As de sik mell'n döh, fraag he em:
„Se schölln Swiens-Ohr'n un Swiens-Buuk hemm?
Ik glööv dat nich. Stimmt dat genau?"

De goode Mann seggt foorts: „Jau, jau!“
„Na denn“, rööp Hannemann ganz luut,
„denn sehn Se ja putzdrullig ut!“

Karken-Konzert !
För Paster Eggert weer dat kloor:
Een Kark is för de Predigt dor.
Doch dorvör liekers nich alleen,
denn ook Konzert-Musik dörf ween,
mit Orgelspeel, Gemeinde-Chor
un veel Gesang, ook dat weer kloor.
Musik sprickt alle Harten an,
ob Lütt – ob Groot, ob Froo – ob Mann.
So harr he denn organisiert,
för all Lüüd, de dat interessiert,
een Festkonzert to Schummerstünn.
So wat snackt sik nu ganz fix rüm
un weil dat jümmers Sünnavends weer,
bleev siene Kark denn ook nich leer.
Dreemal weer sien Kark rammelvull,
weil jeder dat gern hören wull.
Doch letzten Sünnavend bleev se leer.
Eggert wüss keenen Rat nich mehr.
He stünn alleen, keen Minsch weer dor,
sülvst nichmal de Gemeinde-Chor.
Bloots Köster Luten Dömelang,
seet ganz alleen vörn op de Bank.
Den fragt nu Eggert: „Wat is los?
Wat maakt wi beiden denn hüüt bloots?
Wenn nu de Organist ook fehlt,
denn fraag ik mi, wer woll hüüt speelt?“
De Köster sä:
„Ik weet dat ook nich ganz genau,
ik glööv „Borussia“ gegen „HSV“!

Oma's Brill !

Ji glöövt ja gor nich, leve Lüüd,
wat Oma de Verlust bedüüd.
Wenn se ook schimpt, so veel se will,
se findt se liekers nich – ehr Brill.
Dree Stünn hett se dat Huus dörchsöcht
un nix hett een Ergebnis bröcht.
Mang all de Zeitungen leeg se nich,
op'n Kökendisch weer nix in Sicht,
in'n Stubenschapp weer nix to finnen,
ook nich bi Bettwäsch, mang dat Linnen,
de Klammerbüdel weer ook leer,
in'n Neihkorf fünn se ook nix mehr.
Se söcht un schimpt, löppt in'n Galopp
un stellt dat Huus schier op den Kopp.
Se söcht mang Kaffee, Solt un Eier,
denn werr' in'n Bad, bi'n „Tante Meier",
denn in de Slappstuuv ünner't Bett,
denn in den Flur op't Finsterbrett.
In'n Keller, bi de Waschmaschin,
schull dor de niege Brill woll sien?
De niege Brill maakt kloore Sicht
un weer ook noch besonners licht.
Den Optiker sien Meisterstück
maakt Oma hüüt binah verrückt.
De Brill leeg ook nich babenop
bi all ehr Geld in'n Zuckerpott.
Nich to finnen in'n Rummelschuuf
un ook nich in de „beste Stuuv".
De Tasch an'n Haken weer ook leer,
sülvst bi'n Gesangbook leeg nix mehr.
In'n Fernsehschapp weer 's nich to finnen,
in'n Mantel steek se ook nich binnen.
Oma kraam wedder in de Kööök,

dunn keem ehr'n Enkel to Besöök.
Heini heet disse lütte Mann,
de keek sik nu dat Speelwark an.
Oma söcht wieder, krüüz un queer
mit ehrn lütt Heini achterher.
Söken strengt an un ward to Quaal,
an'n End sett Oma sik hendal
un jammer jümmers vör sik hin:
„Wo kann ik miene Brill bloots finn'?"
Heini keek siene Oma an
un füng dennn luut dat Lachen an.
Lachtranen rullten lang't Gesicht:
„Minsch Oma, warrst Du tüdelig?
Worüm maakst Du bloots so'n Gewees?
Du hest de Brill doch op de Nees!"

Twee Rezepte !
Buur Roggenkamp harr böös Verdruss,
siet Sünndag harr he'n Hexenschuss.
Un denn gev dat noch een Mallöör,
sien Swien in'n Stall dat freet nich mehr.
Nu seet sien Froo, ganz ohne Mann,
alleen mit all de Wirtschaft an.
To'n Glück gifft dat een Telefon,
as Hölp in de Situatschon.
So rööp se foorts twee Dokters an:
een för dat Swien – een för den Mann.
De Vehdokter weer fix to Stell,
bekeek dat Swien, drück op dat Fell,
brummel sik denn wat in den Boort
un schreev wat op na siene Oort.
Op sien Rezept stünn Medizin:
„De schürrn se man in't Foder rin",

meen he bi'n Rutgahn nebenbi,
„denn fritt dat Swien so as noch nie!"
Bald keem de anner Dokter an
un de bekeek sik nu den Mann.
As eerstes geev he em een Sprütt
un sä: „Nu geiht de Hex verschütt!"
Ook een Rezept stell he noch ut
un meen: „Das tut dem Bauern gut!"
Mit twee Rezepte utstaffiert
is Roggenkampsch to Stadt hen führt.
In de Afthek kreeg se twee Buddel
un dacht, dat gifft bloots Kuddelmuddel.
Deshalb wies se den Aftheker an:
„Doon's mi'n Gefallen, bester Mann,
un schrieven´s op de Buddels hier
>Nur für den Mann< - >Nur für das Tier<.
Op keenen Fall müch ik ja nich,
dat uns Swien wat Verkehrtes kriggt!"

Erblich belastet !

Dat weer jüst in de Schummerstunn,
Familiendisch in grote Runnen.
As Vadder sik eenen kippt to Bost,
denn glieks gev dat ja Avendskost,
dunn sä sien Jung, bannig verlegen:
„Vadder, hüüt hebbt wie Tüüchnis kreegen!"
„Na und, worüm seggst Du dat jetzt?"
Man maarkt, de Ool würr licht vergrätzt.
Modder lenkt in: „He harr't vergeten.
Laat uns man nu eerstmal wat eten!"
Vadder rööp: „Nee! Dat hett lang Been.
Eerst will ik mal dat Tüüchnis sehn."

„Ik heff dat in de Schuuv rindahn.“
sä Modder. „Haal di dat man ran!
So good as’t letzte is dat nich!“
De Jung würr blass in sien Gesicht.
För em weer siene Laag woll kloor:
He kreeg bestimmt een „nattes Johr“.
De Ool haal sik dat Tüüchnis rut
un würr kreevtroot in siene Wut:
„Dat is de Gipfel, ik lees hier
„Betragen“ – eene glatte Vier.
Ach, un in „Fleiß“ sogor een Fief.
Tööv man, dat gifft wat över’t Liev!
„Schrift“ un „Deutsch“ is man bloots mau,
in „Reken“ büst Du ook nich slau.
Harr ik sowat mien Vadder zeigt,
de harr mi foorts den Nors vull geigt.
Deshalb, Du Lümmel, kriggst du fix
dorför vun mi wat vör de Büx!“
He packt den Söhn bi Krips un Kragen.
Nu keem de Modder antojagen:
„Oh Mann“, rööp se, „blamier Di nich
un speel nu nich dat ‚Jüngst Gericht‘.
Du hest Di in de Schuuv verdaan.
Kiek Di doch mal den Umslag an.
Düt Tüüchnis hier leeg blangenbi.
Lees mal genau – dat is vun Di!“

De Ingelsche Arvschaft !

Hannes Bohnsack weer nich dumm
un ook bekannt as Unikum.
Doch nülich harr he’t överdreven,
dorbi güng dat um Dood un Leven!
Dat füng alles ganz harmlos an:

Ut England keem een Telegramm,
he schull man fix na London reisen.
Sien Tante, ut de beter'n Kreisen,
weer dood un harr in'n Testament
Hannes bloots as ehr'n Arven nennt.
Un he schull denn vör allen Dingen
sien Auto ook mit röver bringen.
Un nu vertell he överall
sien Frünnen vun den Dodesfall.
Tein Weeken weer he denn verswunnen.
Op Krücken, överall verbunnen,
düker he endli wedder op.
Sien Frünnen wull dat nich in'n Kopp:
„Minsch Hannes, wo kümmst Du denn her?
Wi denkt, Du büst nu Milljonär
un weerst verreist, mit all Dien Geld,
op grote Tour rund um de Welt.
Wo hest Du Di de Schrammen haalt?
Hest Du de Fohrkort nich betahlt?"
„Dat ik in London arv is kloor,
bloots ik weer leider noch nich dor.
De ganze Tiet", sä Hannes kruus,
„leeg ik verletzt in'n Krankenhuus.
Afsichtli heff ik mi nich meldt,
sünst weet dat nahstens alle Welt."
„Vertell, wat weer denn mit Di los?"
„Ach nee", sä Hannes, „dat is bloots,
arven schull ik in'n groten Rahmen
un mit mien eegen Auto kamen.
Een Deel leeg mi nu bannig queer:
In England is doch Links-Verkehr.
Ik heff dat hier mal utprobiert,
dorbi is düt Mallöör passiert!"

Ooldtimer !

Hannes un sien Marie-Sophie
maakten vundag een Landpartie.
Nee, nich to Foot mit Sack un Pack
un mit een Rucksack op de Nack.
Se föhr'n mit'n Auto, weer doch kloor,
de Kist weer över twintig Johr
un hier un dor freet al de Rost.
Doch Hannes smeet sik in de Bost:
„Hier bruukt keen Minsch sik optoregen,
de „TÜV“ hett mi sien Segen geven!“
Tschä, op de Straat bi Achterwehr,
dor wull dat Auto batz nich mehr.
De Motor knall op eenmal luut
un qualm an alle Ecken rut.
Hannes schree nu nich „Ach un Weh!“
He weer ja in'n ADAC.
He rööp dor an: „Mien Kist is twei!“
„Wir kommen schnellstens dann vorbei!“
sä man to em un Gott sie Dank,
keem bald de geele Wagen lang.
De Hölpsmann güng tonächst mal stumm
üm Hannes sien Vehikel rum.
Denn keek he kort na den Motor
un sä: „För mi is de Fall kloor.
Dor is keen Rettung nich mehr an.
Weer düt een Peerd, mien bester Mann,
müss dat, wenn wi'n Revolver harrn,
foorts op de Stell doodschaten warrn!“

Ordnung mutt sien !
„Ordnung is dat halve Leven!“
Dat hett man uns as Wahlspröök geven.
Wenn wat, wat schull, nich op sien Placken,
denn kreeg man fröher een in’n Nacken.
Nülich lees Vadder in een Book.
He weer de Meenen, dat maakt klook.
Dunn keem sien Filius heran
un stöör em jüst bi een Roman:
„Du Papa, dat is ganz verzwickt.
Weest Du, wo de Bahamas liggt?“
De Vadder hör nich richti to,
bi’n Lesen is dat nu mal so.
He keek ganz kort bloots över’n Rand
un gnurr denn wat vun „Unverstand“.
Denn kreeg de Jung vun em Bescheed:
„Dägli hör ik dat sülve Leed!
Du büst nu langsam groot genoog.
Du sühst, ik lees! Denn söök se doch.
Sünst fraag uns Modder, mi ook recht,
denn de rüümt jümmers alles weg!“

Vörschrift is Vörschrift !
So is dat mit de Iesenbahn,
se kümmt bloots mit Verspätung an.
Mit Pünktlichkeit is dat vörbi.
Dat hett keen Zweck, beschwerdst du di.
Iesenbahn-Beamter Meier,
weer „Schranken-op-un-daal-Dreiher“,
mit Pensionsberechtigung
un nödigen Beamten-Swung.
Een Wärterhuus höör ook dorto.
So seet he dägli in sien Rooh

un keek veel rüm in de Natur.
Vun Hektik weer hier keene Spur.
De D-Zug ruuscht dreemal vöröbi,
de anner Tiet harr he denn frie.
Nülich weer he ganz opgereegt,
een Sondertogg weer angeseggt.
Sien Scheff rööp an: „Op jeden Fall,
Punkt twölf, dreihn Se de Schranken daal.“
Pünktli, wie he nu eenmal weer,
dreih he Klock twölf de Schranken queer.
Na tein Minuten würr em bang,
denn rechts un links weer'n Autoschlang.
Poor Fohrer würr dat ook al krupen
un füngen düchti an to Hupen.
Dat weer nu nich de fiene Oort
un bringt Beamtenbloot in Fohrt.
So schree he denn na beide Sieden:
„De Larmerie mag ik nich lieden!
De veele Krach hett keenen Sinn.
Stellt Ju op lange Tiet hier in.
Vörschrift is Vörschrift un geiht vör,
de Sondertogg mutt hier eerst dör.
Ik dreih nich hoch, dat deit mi leed,
dorto heff ik noch keen Bescheed.
Dor nützt vun Ju ook keen Theater,
de Togg kümmt eerst twee Stünnen later!“

Wesselgeld !

Hannes, de stöhn sik wat torecht:
„Oha, wat sünd de Tieden slecht!
Dat is een Jammer op de Welt,
de mehrsten Lüüd hebbt all keen Geld.

Güstern weer ik mal op de Bank.
Wat meens't, de sünd dor ook al blank.
Ik wull een Geldschien wesseln laten,
wat denn keem, dat is nich to faten:
De an de Kass schürr mit den Kopp
un reet trurig sien Oogen op.
He wull mi gern behölplich sien
un fraag mi fründli na den Schien.
Een Haken harr de Wesselie,
ik harr leider keen Schien dorbi!"

Inkoop för „Waldi" !

Froo Meier ut de Lindenstraat
güng mit ehr'n Dackel hen to Stadt.
De Zoohandlung weer hüüt ehr Ziel.
De Hund, mit Stammboom un mit Stil,
schull hüüt een Fretenschöttel kriegen.
An de Wand, in lange Riegen,
stünnen de Dinger, lütt und groot,
in Porzellan, in Blau un Root
un ook in blanken Edelstahl.
Den Köter weer dat ganz egal.
Froo Meier steiht un överleggt,
as to ehr de Verköper seggt:
„För Se ehr'n Waldi heff ik hier
een wunderschönes Freetgeschirr,
ganz ut een Stück un mit twee Mulden.
Dat mutt man sienen Hund woll schulden,
denn praktisch is dat babento
un maakt dat Tier wiss duppelt froh.
Freten un Suupen in een Reeg,
denn is Ehr'n Waldi good toweeg!"

„Nee“, meent Froo Meier, „weten’s wat,
ik harr gern eenkeln jedes Fatt.
För Waldi reckt dat allemal,
geven’s man twee Stück ut Edelstahl.“
Doch een Verköper, de wat kann,
dreiht gern sien Kundschaft noch mehr an:
„Hier“, seggt he, „is een Messeschlager.
Ik heff bloots een Stück vun op Lager.
Een Automatik-Fatt för Water.
Süppt Se ehr’n Hund, denn ward foorts later
mit’n Pump weer opfüllt bet to’n Rand.
Un noch wat is hier interessant:
Hübsch ingraviert steiht ganz rund
„Wasser für den lieben Hund!“
Froo Meier winkt af: „Dat laat wi wäsen.
Mien Mann drinkt keen Water –
un de Hund kann nich lesen!“

De Angelpartie !

Jan un Hein wulln angeln gahn
mit een lütten Angelkahn.
Beide harrn een Pott vull Metten,
um de Fisch wat vörtosetten.
Petrus sehg woll sowat nich gern,
denn as se bi den Fischdiek weern,
schickt he statt eenen Sünnenstrahl,
Storm un Regen foorts hendal.
„Dat maakt nix!“, knurr Hein in sien Boort.
„Denn biet de Fisch, denn hett dat Oort!
Weil ik mi sowieso verkeuhlt
un weil wi vun de Küll wat föhlt,
kippt wi eerst mal een Buddel Rum.

Jawoll, mien Jan, nu kiekst Du dumm!"
Twee – dree Sluck Rum, de smeckt na mehr
un bald weer ook de Buddel leer.
Sühso, nu güng dat Angeln los.
Dat Rudern klappt noch ganz famos,
doch op den See würr Hein ganz slecht.
De Rum forder nu woll sien Recht.
Babento müss he noch pruuschen,
as würr Storm in'n Eekboom ruuschen.
Dorbi is dat denn woll passiert:
Schiet is, wenn man de Tähn verliert!
De wüssen nix vun Luuv un Lee
un hüppten över Bord in'n See.
Hein schree, nu bannig in de Kniep,
as weer he för de Klappsmöhl riep.
Jan hör sik dat een Tietlang an
un speel för Hein den „braven Mann".
Jan harr siet Johr'n al künsti Tähn
un wull Hein mal verwunnert sehn.
He tröck den Kescher dörch den See,
packt siene Tähn, de witt wie Snee,
ganz fix in't Nett, rööp: „Hein, kiek her,
hier sünd se doch! Wat wullt Du mehr!"
Glückli sett Hein de Dinger rin,
denn mark he, dat dor wat nich stimm.
Opt eens harr he een breede Lipp,
as wenn man in de Backen knippt.
He nuschel los in siene Not:
„De Form passt nich, is veel to groot!
Mien sünd dat nich. – Kescher noch mal
un holl denn beten deeper daal!
Viellicht liggt mien dor op den Grund.
Wat ik hier heff, is groten Schund!"
Un Hein, in sien duunen Sinn,
smeet Jan sien Tähn in't Water rin.

„Nero“ !
Buur Scheel op Fehmarn weer bekannt
för „1a“ Rindertucht in’n Land.
Dat harr sien speziellen Grund:
Holsteener Rindveeh is swart-bunt.
Ook harr sik rümsnackt överall,
he harr den „Nero“ in sien Stall.
As Tuchtbull weer he eerste Güte,
bröcht Rinderdamen „aus der Tüte“!
Un Priese hett de „Nero“ kreegen,
alle Johr so söven – acht – negen.
De Kalver, weiblichen Geschlechts,
güngen wie warme Semmeln weg.
Un denn as Melkveeh registriert,
würr’n se bald överall prämiert.
Een’s Daags keem Scheel sien Stallknecht an
un sä to’n Buurn: „Oh Mann, oh Mann!
Ik glööv, uns „Nero“, de is krank.
He fritt woll good noch, Gott sie Dank,
doch för de Tucht döögt he nix mehr.
In’n Kohstall löppt de Kram verqueer.
Uns „Nero“, de ward farbenblind,
weil de letzten Kalver „rot-bunt“ sünd!“

Glück hatt !
Wer vun ju hier weet good Bescheed,
wat „Feldbehehung“ heet?
Ik will ju dat mal so verklooren:
Een Buur geiht gern an’n Sommermorgen,
wenn he sien Felder all bestellt,
to Foot dörch siene eegene Welt.
Meist kümmt een goden Fründ noch mit
un stevelt los dörch den Beritt.

Ook Hinnerk-Buur un Naver Jan,
marchierten mal to Felden an
un güngen, na een Tiet intwüschen,
al över Hinnerk's fette Wischen.
Miteens maakt Jan een Sprung to Siet,
as wenn em dusend Höhner biet.
Hinnerk blifft ganz verwunnert stahn.
„Wat is mit Di? Wat hest Du, Jan?"
De aver bückt sik elegant,
nimmt frische Kohschiet in de Hand
un seggt: „Kiek Di den Swienkram an.
Wenn ik den Sprung nich even daan,
denn harr ik wiss, wat gellt de Wett,
hier in de frische Kohschiet pedd!"

Tierschutz !
In'n Winter, as dat knackig koolt,
föhrten dree Knechten hen to Holt.
De dree hebbt wuracht as Gewitter,
in'n hohen Bagen flögen Splitter.
Ook stünn in'n Wald, dat weer bekannt,
een wedderfasten Ünnerstand.
Weil harte Arbeit hungrig maakt,
harr de Mamsell wat Extra's kaakt,
een Supp, mit recht veel Fleesch un Speck
un meen, dat de för dree Mann reckt.
In'n Ünnerstand, wo dat nich friert,
würr disse Supp foorts deponiert.
De Meddagstiet keem bald heran.
Twee Kerls füng'n bi de Supp al an,
de drütte dä sik leider plagen,
he müss noch eenen Boom twei sagen.
Nu harrn de twee in'n Pott rümröögt,

dat Fleesch rutfischt un bannig swöögt.
As se dat op harrn, full ehr in,
för'n Kumpel weer nix Dickes bin'n.
Bloots dünne Supp un beten Speck,
seeten in'n Pott noch in een Eck.
Dunn meen de een: „Em smeert wi an!
Ik haal mien West ut Ledder ran,
de achtern in de Eck rümliggt,
se is al oolt un schedderig.
De snied wi twei in lütte Stücken,
wenn de in'n Pott sünd, mag dat glücken.
Wi maakt de Supp noch eenmal hitt,
denn markt he nix, wenn he se itt!"
Geseggt – gedaan, dat duur lütt beten,
dunn keem de anner ook to'n Eten.
He kau recht hoch, keek beide an
un sä: „De Kööksch hett sik verdaan.
Dat Fleesch, dat is hüüt bannig taag,
dor harrn wi ook al beter Daag.
Ik warr naher telefoniern
un den Tierschutz alarmiern,
denn de Buur is nich gescheit
un hett den Ossen Knööp anneiht!"

Gode Utsichten !

Ganz fröher weer bi Füürwehrs-Feste
de Slägerie jümmers dat Beste.
Du kunnst ja maken, wat du wullt,
de Rapserie weer al meist „Kult".
Vun Dörp to Dörp geev dat Rivalen.
Wullt du to'n Danz een Deern mal haalen,
knufft di groff eener in de Siet.
Een Slägerie weer denn nich wiet.

Korl Roggenkamp weer nu bekannt
as gröttsten Släger hier in'n Land.
Nülich, bi eene Slägerie,
weer he as eerster Mann dorbi.
Weil he achtern keen Oogen hett,
kreeg he vun achtern ook sien Fett.
Mit'n Stohlbeen hau em Fiete Popp
vun achtern batz een över'n Kopp.
Acht Daag leeg Korl in'n Krankenhuus,
denn kunn he wedder hen na Huus.
Bi de Gerichtsverhandlung nu,
sä Richter Klein: „Hör'n Sie mal zu,
der Täter hat sich nicht gescheut
und seine Tat zutiefst bereut.
Er bittet um Verzeihung nun
und will es niemals wieder tun!"
„Is good", seggt Kalle Roggenkamp,
„denn sünd wi hiermit ja woll lang.
Falls ik dörch em noch starven mutt,
bün ik ook op Verzeihen rut.
Schull ik gesund warrn, bitte notiern,
kann he sik nu al gratuliern!"

Suure Drops !

Endli reist Tante Paula af.
Se höll uns veertein Daag in'n Draff.
Se weer een echten Meckerpott
mit Gift un Gall un Hohn un Spott.
Se kommandierte luut un groff,
as stünn se op'n Kasernenhoff.
Modder keem ut de Köök nich rut
un Vadder kaak al lang vör Wut.
Sülvst Dackel Waldi güng dat slecht,

he kneep den Steert in un lööp weg.
Bloots uns lütt Heini harr't nich swoor,
he keem an'n besten mit ehr kloor.
He sä, as he herümmer hopps:
„Du Tante, magst Du suure Drops?"
Se strakel över sien Gesicht
un sä: „Ja geern, wer mag de nich!"
Heini keek ganz vergneugt dorbi
un meen denn: „Hier, de is för Di!"
Een suuren Drops weer in sien Hand,
de back un smeer bet an den Rand.
Doch Tante Paula mark dat nich.
Se sä: „Danke, mein kleiner Wicht!"
un stopp den Bontje in de Kuusen.
Uns heini aver kreeg dat Gruusen.
He maakt so'n suur Gesicht dorbi
un fraagt denn: „Tante, smeckt he Di?"
„Oh ja", seggt Paula, „de smeckt good!"
un smatzt dorbi ut Övermoot.
Nu maakt Heini een dumm Gesicht:
„Du Tante, dat verstah ik nich.
Eerst harr em Waldi in de Snuut,
denn spee de dumme Hund em ut!"

De Wiehnachtsgoos !

Twee Swestern, würkli nette Damen,
harrn sik tohoop een Wahnung nahmen.
Fründli weern se to jedermann
un dormit füng düt Drama an.
Bi'n Naver weer de Froo mal krank.
Dor hebbt se holpen un as Dank
wull man sik nahstens denn ook giern
bi disse Damen revanchiern.

De Naver harr jüst Gössel kreegen,
ik glööv, dat weern so Stücker negen.
Un weil dat nu jüst Oostern weer,
geev he dorvun een Gössel her.
He sä: „För Ju, weil Ji so nett.
De maakt Ju man to'n Winter fett!.
De laat Ju Wiehnachten good smecken.
Ju'n Goorden hett ja rundum Hecken.
As Goos hölt se den Rasen kort,
denn hebbt Ji'n Rasenmeiher spoort!"

Sühso, dor seten's nu mit an.
Dat weer ja good meent vun den Mann.
Dat Gössel keem eerstmal in'n Stall.
Een Swester meen: „Du büst ja mall!
Dor is dat Tier doch ganz alleen."
Un dordörch is dat denn geschehn.
An'n Kökenherd kreeg nu dat Tier
een kuscheliges Nachtquartier.
In Huus un Hoff weer bald wat los,
denn ut dat Gössel würr een Goos.
Wo bloots een vun de Swestern weer,
dor lööp de Goos forts achterher
un würr anhängli as so'n Hund
un dorbi langsam dick un rund.
Un eenen Namen kreeg se ook.
Man rööp: „Mathilde", weil se klook.
Man bruukt den Namen bloots to ropen,
denn keem se ook al antolopen.

November weer't, bald Martinsdag,
denn würrn ja ook de Göös afslacht.
Nu is ja allgemein bekannt:
Geföhl siegt över den Verstand!
So bleev Mathilde noch an'n Leven,

se schull den Wiehnachtsbraden geven.
Nu weer dat good acht Daag vör'n Fest,
dor kreeg Mathilde doch den Rest.
De Froonslüüd seten dor mit an,
denn wie man een Goos slachten kann,
dorvun harrn beide keene Ahnung
un blarrten eerstmal in ehr Wahnung.
Se keemen sik vör, as'n „Jüngst Gericht".
Eenfach doodhauen güng ja nich.
Womögli füng bi'n Koppafsnieden
de Goos denn doch noch an to schriegen.
Een vun de Swestern wüss nu Rat:
„Weest' wat, wi gevt ehr Blattsalat
un dorin wickelt wi denn Gift,
dormit ehr fix de Luft wegblifft."
Geseggt, gedaan, Gift würr versteken.
Mathilde hett dorbi tokeken.
De Froons harrn beid' een slecht Geweten
un Goos „Mathilde", de hett freten.
Se tamel beten hen un her,
denn full se üm un weer nich mehr.
Bevör se nu so richti stief,
plück man de Feddern vun ehr Liev.
As man den ferti weer sowiet,
dor weer dat ook al Bettgahnstiet.
Man wull denn foorts an'n annern Morgen
dat Utnehmen vun de Goos besorgen.
Man packte noch dat doode Deert
in eene Wann bi'n Kökenherd.

An'n annern Morgen, so üm fief,
dor schööt de Froonslüüd wat dörch't Liev.
Man kunn de koolen Gräsen kriegen.
Man hör ganz luut Mathilde schriegen!
Blass üm de Nees, de Fööt meist möör,

keeken se dörch de Kökendöör.
Ganz naakt un bloot vun Kopp bet Steert,
so stünn de Goos an'n Kökenherd.
Se schree sik dorbi meist halvdoot.
Se weer ja ook in höchste Not!
„De Goos, de is ja noch an'n Leven!
Wat hest Du bloots Mathilde geven?
As Giftmischerin büst Du famos!"
Nu blarr de anner Swester los:
„Hier, dat is Gift! Wat wöllt wi wetten? –
Oh Gott, dat sünd ja Slaaptabletten!"
Denn schree Mathilde wedder los.
„Oh Mann, oh Mann, wat maakt wi bloots!"
In'n Wulldeek inrullt, dat weer nett,
steek man Mathilde eerst to Bett.
An't Slachten hebbt siet disse Nacht
keen vun de beiden Swestern dacht.
Denn würr'n de Froonslüüd beid' aktiv
un strickten för Mathilde's Liev
ut dicke Wull, dat is wat wert,
een Övertogg vun Kopp bet Stert.
So kreeg de Goos „Mathilde" dann
to Wiehnachten een Strickjack an!
Un wenn ju dat noch interessiert:
Se hett noch poormal Wiehnacht fiert!

Diplomatie !

Lütt Heini weer een Extrafall.
To Slapenstiet würr he meist mall.
He wull eenfach nich hen to Bett.
Doch weil sien Oma bannig nett,
bröcht se den Knirps doch in de Puuch,
mit bannig Spaaß un veel Gejuch.

Kuum leeg he lang, keem he piel hoch:
„Du Oma, Du vertellst mi doch,
wenn ik in miene Heia ligg,
een ganz-ganz lüttje Bettgeschicht?“
„Ja“, seggt de Oma, „denn ma to!“
So harr se’t schafft un weer heel froh
un füng nu bi den lütten Mann
Geschichten to vertellen an.
De Reeg lang Märchen kenn he all,
deshalb snack se vun’n Höhnerstall
un vun den bunten Gockelhahn,
de sik opspeelt as Höhnermann
un vun de lüttjen Küken all,
de nu al seelig slaapt in’n Stall.
Oma seggt: „So, de sünd to Rooh,
nu maak Du ook de Oogen to!“
Doch Heini maakt dat Gegendeel,
nu güng dat los mit sien Gequeel.
He nöhm sien Oma op’t Visier:
„Du Oma, Du säs’t eben hier,
de Küken sünd to Wiemen an
un ook sogor de Höhnermann.
Treck Di man ut, so höört sik dat,
denn müsst Du ja nu ook to Klapp.
Ik meen, Du büst woll hüüt mit lang.
Ook de ool Kluck höört op de Stang!“

Möbliert !

As Minsch un Seelsorger bekannt,
weer Paster Eggert hier in’n Land.
Würr eener krank oder alleen,
denn lööt sik Paster Eggert sehn.
He hölp, spend Trost un packt mit an,

as sik dat hört för'n Gottesmann.
Nülich keem Eggert mal to Ohren,
bi Hinnerk weer wat Lütt's geboren.
Weil he ja de Familie kenn,
sä he to sik: „Dor mutt ik hen!"
Na de übliche Gratulatschon
sä he to Hinnerk: „Du mein Sohn,
ich weiß, dass Du sehr fleißig bist,
ansonsten auch ein guter Christ.
Wo wir nun grad alleine sind,
es ist ja schon das elfte Kind.
Die Tüchtigkeit in allen Ehren,
musstest Du Dich so groß vermehren?"
Hinnerk, de klei sik achtern Kopp
un sä: „Herr Paster, passen's op.
Wi sünd ganz eenfach arme Lüüd.
Veele weet nich, wat dat bedüüd.
Fernseher hebbt wi nich in'n Huus
un bannig Tiet bi Stormgebruus.
Schränke sünd Luxus un bruukt Platz,
to'n Slapen hebbt wi'n groot Matratz,
bloots Disch un Steuhl staht mang de Dören,
den Rest möbliert wi mit de Gören!"

Opsnappt:
Luten sien Geburtsdagsfier!
Mütt wi mal to Geburtsdagsfier,
denn hungert wi dree Daag vörher,
weil de Gastgeber sik ja freit,
wenn man düchtig tolangen deit.
Musst dorbi ja ook an denken,
deist för föfftig Mark wat schenken.
Dofför frittst du alle Gänge,
Meddag, Kaffee un Getränke.

Noch dree Cognac, extra stark,
denn büst´ ran an föfftig Mark.
To de Fier bi Luten Schmitt
nehm ich 'ne Krawatte mit.
Karstadt harr jüst reduziert,
kost' teihn Mark, weer buntkariert.
Nu kunn ik mit good Geweeten
mi ook freuen op dat Eeten.
Minsch, bi Luten weer dat wull
dörtig Grad un breekenvull.
Doch bi dat Gedräng un Hitten,
dörfst du eerstmal noch nich sitten.
Steihst wohrhaftig över'n Stünn
eerstmal op den Saal herüm
mit'n Glas, natürlich Sekt,
de di överhaupt nich smeckt.
Ja, du denkst, wo fein dat weer
mit een schönes kooles Beer.
Doch man lächelt jeden an,
ook den man nich utstahn kann.
Denn ganz artig un dezent
överreicht man sien Präsent.
Luten hett al eenen sitten.
Lütt un Lütt bi disse Hitten,
denn vun'n Morgen güng't al los
mit de Nawers ut'n Huus.
Luten's Froo, so lang as breet,
drög ehr Sülverhochtiedskleed,
dat ganz enge mit de Roosen
hett nich mehr recht Platz för'n Busen.
Ach, se hett so veele Plichten
bi de Tanten, Neffen, Nichten,
Swager Hein mit Froo ut Mölln
un de Kriegskamrad ut Köln.
Un bi all dat Rumkajohlen

mütt se Luten noch fastholen,
dat he nich na achtern rutscht
un de Etikett is futsch.
Ja, dat Oog vun Modder Schmitten
hett fix acht op goode Sitten.
De lütt Neffe mit sien Bruut,
man, wat sehn de beiden ut.
He in Shorts un se in Jeans.
Modder Schmidt weer mächtig füünsch,
doch der Zweck heiligt die Mittel,
he studeert op'n Doktertitel
un man weet nich, wo un wann
man dat nochmal bruken kann.
Endli sett man sik nu hen.
Jeder deit sien Nawer kenn'
un wat matt al in de Knee
luurt man nu op dat Menue.
Rechts vun mi sitt een Blondine,
is vun Luten een Cousine.
Frisch un propper, good bi Chic,
nich to dünn un nich to dick,
un wie ik dat jüst so seh,
mit een Riesendekollete.
As ik nu mit Kennerblick
grad mal in ehr'n Utschnitt kiek,
mak ik ook noch een Bemerkung
över Schönheit un Verstärkung
un wull beten neger ran.
Aver jüst in den Momang
steiht een Mannsbild op'n Saal,
kiekt gefährlich op mi dal.
He vertell, he sei ihr Gatte
un wat dat woll op sik hatte,
denn he seh mit sienen Blick,
dat ik in ehr'n Utschnitt kiek.

Ik ja hoch, will protesteern,
doch ik kann mi nich mehr wehrn.
Mit eenen Slag haut mi de Brocken
glatteweg ut miene Socken.
Witt vör Schreck sünd alle Gäste,
doch uns Luten, de brüllt: „Feste!
Mak em lütt un hau em dal!
Nu is Stimmung op den Saal!"
Händeringend de Froo Schmitten,
lässt nochmal ‚zu Tische' bitten,
will nu nich noch länger warten.
Jeder tövt nu op den Braten,
doch toeerst kümmt noch de Supp
mit de Sahne bavenop.
Fleesch, Gemüse un Dessert,
alles hebbt de Lüüd vertehrt.
Bombenstimmung makt sik breit:
„Ein Prosit der Gemütlichkeit!"
Eener deit dat Glas erheben:
„Dat Geburtsdagskind schall leben!"
un een Gast ut Friedrichstadt
hölt 'ne Rede, schön op Platt:
„Wat uns Luten doch för'n Knüller
un so knackig för sien Öller."
Un de Rede duurt un duurt,
wo man doch op Kaffee luurt.
Ook de Kriegskamrad ut Köln
müch nu gern noch wat vertell'n.
Al wat wacklig op de Been,
denn he hett man bloots noch een,
vertell he nu vun Kriegsgetümmel,
as Granaten fülln vun Himmel.
He un Luten, jümmers vorn,
nehmen den Feind fix op dat Korn.
Nu bölk een Jungkerl ut de Eck:

„Bringt den alten Nazi weg.
Wedder eener vun de Oolen,
de kann ook de Snuut nich holen!“
De Kölner rööp: „Du Drückebarger!“
Minsch, nu givt dat würlich Ärger!
Gläser flegen hen un her
un dat mit un ohne Beer.
Ook de Lamp hett al een Knick.
Alln'n bloots wegen de Politik.
Bloots de oole Veteran,
de dat nich begriepen kann,
kiekt na buten un denkt still,
wat he alles seggen will.
Wo se all nu düchtig kloppen,
un de meisten fix besopen,
stimmt sik de Gesangverein
nu in dat Gemetzel ein.
Un se singt so wunderbar
vun ‚Mein Sohn heißt Waldemar‘,
dann ‚Am Brunnen vor dem Tore‘
un ook noch wat vun Amore.
Langsam kaamt de Lüüd to Rooh,
sitt denn dor un hört all to.
Fried und Eintracht kehret wieder,
so ergreifend sind die Lieder,
un een jeder is de Meen:
„De Geburtsdagsfier weer schön!“

De Testperson !
Swienslachten Anno Dunnemal,
dat weer een Fest un ook een Quaal.
Oft weer dat Swien good fett un rund
un wöög gaatli dreehunnert Pund.
Meist harrn de Lüüd twee Stück in'n Stall,

mennigeen fragt, wat dat wull schall?
Twee Swien weer Satz för een Gehöft,
een würr sülvst slacht un een verköfft.
So harr man „Groschen“ nebenbi
un een Johr Fleesch vun „Swienerie“.
Verwertung bet to’n letzten Rest
weer bi Huusslachtungen dat Best‘,
bloots amtliche Trichinenschau,
de nöhm man dunn nich so genau.
So ook bi Fiete Dummerjahn,
de geev sogor noch dormit an:
„Trichinenschau, de bruukt wi nich!“
He maakt dorbi een plietsch Gesicht:
„Wi hebbt een beter Lösung funnen
un kaamt so good över de Runnen.
As Testperson nehmt wi den Paster,
so spoort wi jümmers unsen Zaster.
De Ünnersökung kost‘ uns nix
un bringt noch „Dankeschön“ und Knicks.
Wenn man to Huus een Swien slacht hett,
maakt man to allereerst ut Mett
een scheune Wust, dat is doch kloor.
So eene schenkt wi den Pastor.
Wenn he denn Sünndags munter predigt,
is uns Trichinenfraag erledigt!“

Dat Zucker-Hart !

Wat Rummel oder Johrmarkt is,
kennt lütt un groot Lüüd ganz gewiss.
Scheetbauden, Ies- un Knackwust-Stand,
bunt Karussells wie’n Wunderland,
een Druuv mit Luftballons dorto,
un’n Zuckerhart maakt all Lüüd froh.
An so een Zuckerharten-Stand

keem mal een Mann ut'n Sachsenland
un fraag den Bäcker: „Guudster Mann,
ham'n Se ooch mit ‘nen Namen dran
een Herz aus braunem Guchen?
So eens wollt'sch mal gern versuchen!“
De Bäcker meen: „Hier hängt genog!“
„Nee“, sä de Mann, „ich meine doch
mit Zucker-Nam'n aus Baiser.
Ich heiße >Baul< mit'm harden >B<!“
„Nöö, hebbt wi nich, is keen Problem.
In een half Stünn, denn hebbt Se een!“
vertröst de Bäcker nu den Mann.
De keem ook würkli wedder an.
„Hier is dat Hart, jüst wie bestellt!“
„Ach nee, um alles in der Welt“,
rööp dunn de Mann total verzagt,
„mit hardem >B< hatt‘ ich gesagt.“
De Bäcker lach: „Aah, ik kapier,
>Paul< heet dat! – Na'n half Stünn is't hier!“
As fertig weer dat Meisterstück,
rööp nu de Sachs: „Ich wird verrückt.
Mein Nam'n ham'n Se schief dadruff.
Sowas isst doch geen Mensch nich uff!“
„Good“, meen de Bäcker mit Geduld,
„wenn dat genau de Mitt sien schull,
denn töven's noch een halve Stünn.
Deswegen bring ik mi nich üm!“
De Deeg würr extra noch afsmeckt
un würkli, alles weer perfekt.
De Sachse strahl över't Gesicht,
betahl – un denn, ji glöövt dat nich -,
wat denn keem, hau den Bäcker um.
Mit grote Oogen keek he stumm,
un faat sik denn an sienen Kopp.
He meen toeerst, he würr bekloppt,

denn Paul ut Sachsen nöhm dat Hart
un sä gemütli op sien Art:
„Das Band behalden Se man hier.
Ich brauch ooch gar geen Backbabier.
Da ist sear scheen viel Zucker druff.
Ich ess es gleich am besten uff!“
Beet rin un fraag mit Sachsenruh:
„Ham’n Se’n Schälsch’n Gaffee ooch dazu?“

Oold Ostpreußen !

Dat weer so Negenteinhunnertacht,
in „Heeilijenbeeil“, hellichten Dag.
Man leevt gemütli, nix passiert,
wat hier woll jemand interessiert.
Afwesslung bröcht de Iesenbahn,
mit de man ja verreisen kann.
Hüüt aver brumm dat in de Stadt.
So’n Oploop harr man noch nich hatt.
Bi’n Bahnhoff stünn man dicht bi dicht,
doch wat Genaues wüss man nich.
Man hüng ut alle Finster rut
un fraag vun Huus to Huus ganz luut.
De Börgermeister schickt sien Söhn
na’n Bahnhoff hen, um natosehn,
wat dor de Oploop denn bedüüd
un worüm dor so veele Lüüd.
Een gode Stünn hett dat woll duurt,
in de de Börgermeister luurt.
Endli keem denn sien Filius
un meldt: „Wir kriijen woll Väärdruss.
Man mecht kaum auf de Straaß rausjehn.
Eech hab ihm jaanz jenau jesehn.
Am Bahnhof, achtern, da schteht eeiner,
Eerbaarmung Mannchen, dem kennt hier keeiner!“

Nur in Rheinischer Mundart wirkungsvoll:
Köln, im Mai 1905

Rechnung des Tischler- und Malermeisters Johannes Knieriem für Reparaturarbeiten an der Kirche St. Rochus in Köln:

1. Das „Jüngste Gericht“ ausgebessert und den armen Seelen ein hässliches Aussehen gegeben 8,35

2. Einen neuen „Heiligen Geist“ gemalt 5,20

3. „Tod und Teufel“ frisch gestrichen 6,45

4. Das „Paradies“ mit Firnis überzogen und der „Eva“das Feigenblatt einen Zentimeter höher gesetzt 9,30

5. Die „Heilige Ursula“ von der Seite gekachelt 2,10

6. Der „Mutter Maria“ den Busen erneuert, etwas gehoben und ein neues Kind gemacht 12,45

7. Der „Keuschen Susanne“ den Unterleib ausgebessert und vorn alles wieder in Ordnung gebracht 4,20

8. Dem „Heiligen Petrus“ die linke Hinterbacke aufgeleimt und den Sack neu gefüllt 5,75

9. Dem „Heiligen Zacharias“ Bart und Beutel neu geflickt 2,10

10. Den „Jungfrauen“ die Lampe gefüllt und einen neuen Docht eingezogen 3,15

11. Dem „Heiligen Nepomuk“ den Ständer poliert 1,40

12. Im Beichtstuhl etwas gehobelt und die Flecken entfernt 5,10

13.	Dem „Erzengel“ die Flöte nachgesehen	1,95
14.	Dem Organisten beim Hineinschieben der Pfeifen geholfen und ihm richtig Luft gemacht	6,25
15.	Der „Heiligen Therese“ unten die Fusseln und Spinnen entfernt	9,85
16.	Mit dem Küster die „Maria“ hinter dem Altar umgelegt und die Ritzen verkittet	11,35
	Das Ganze zusammen	94,95

Waschdag bi Oma !

Dat liggt woll so in de Natur.
Jungs, wenn se lütt, sünd bannig stuur.
Mit Heini harr man ook sien Not,
speel he in'n Dreck, güng em dat good.
Güng dat aver an't Waschen ran,
denn bölk he los, so luut he kann.
Hüüt passt sien Oma op em op
un kreeg den Dreckspatz bi den Kopp.
Lütt Heini wull noch protestiern,
Oma döh dat nich interessiern.
Se steek em in de Balje rin
un schrubb em af mit frohen Sinn.
Denn füng se mit ehrn Vördrag an:
„Hör mal good to, mien lütten Mann.
Dormit man Di good lieden mag,
musst Du Di waschen, jeden Dag!
Vun jung op an maak ik dat ook!“
De Jung rööp: „Büst Du nich ganz klook?

Dat kümmt mi nie nich in den Sinn.
Denn kiek doch mal in'n Speegel rin,
woans sühst Du dorvun hüüt ut,
mit all Dien Schrumpeln um de Snuut!"

De eenzige Lösung !
Bi Paster Eggert in'n Büro
gev dat vör poor Daag „groot Hallo!"
Hein Klutenkamp keem in de Dööр
un sä: „Herr Paster, stelln sik vör,
bi so een Saak warr ik meist rot,
ik bün hier wegen Opgebot!"
„Nanu?" fraagt Eggert, „Is dat wohr?
Se sünd doch bald an söventi Johr.
Se stahn doch överhaupt nix ut
un wölln partout op't Friegen rut?"
„Naja, Herr Paster, Se hemm recht,
an sik geiht mi dat ja nich slecht.
Mien Huushöllersch, dat is de Bruut.
Wenn ik an denk, kaam ik in Wut.
Ik segg Se nu mal in Vertruun,
se is een Drachen mit veel Luun.
Se is al föfftein Johr bi mi
un jeden Dag giff't Striederie.
Liekers ward heiradt, dat steiht fast,
denn is vörbi mit Angst un Last.
Dat Aas hett mi in all de Jöhrn
beklaut vun achtern un vun vörn.
In'n Huushalt fehlt mi mennig Deel,
wat wertvull weer un kost' mi veel.
Wenn ik an denk, ward mi meist slecht,
aver düt is de eenzig Weg:
Bloots över'n Ümweg vun dat Friegen,
kann ik mien Saken wedder kriegen!"

Argus-Oog !
Jan un Hein sitt in'n Lokal
un eet de Spieskort op un dal.
Veel to Zaustern harrn de beiden
över Gicht un anner Leiden,
över't Wedder un noch mehr,
kort, dat güng rein krüüz un queer.
Komisch weer bi de Geschicht,
Hein dreih jümmers sien Gesicht
hen na'n Utgang, piel un stuur,
so, as wenn he op wat Luur.
Jan stöör dat de ganze Tiet
un irgendwann weer dat so wiet.
He sä to Hein: „So lang wie snackt,
schient dat, as harrst Du'n stieven Nack.
Du kiekst nich links, Du kiekst nich rechts,
kiekst mi nich an, wenn Du wat seggst.
Wat is denn bloots mit Di geschehn?
Wat kann man denn dor achtern sehn?"
Hein keek dorbi nich mal to Siet
un sä: „Ik luur de ganze Tiet,
ob mien Gardroow noch hingen deit."
Meen Jan: „Du büst woll nich gescheit.
Dorbi kriggs't ja een stieven Kopp.
Ik pass op mien doch ook nich op!"
„Ik mutt", seggt Hein, „de Welt is slecht.
Dien is ja 'n halve Stunn al weg!"

De Lögendetektor !
Hein un Fiete seten in'n Kroog.
Hein schimpt los: „Nu heff ik noog!
Weest Du, wat ik to weten kreeg?
Mien Froo, de seggt, all Mannslüüd leegt!

Dat is doch ganz gewiss nich wohr.
Ut Not ward swinnelt, dat is kloor.
Wenn mien Froo fraagt, kümmt mi dat vör,
as güng se mit mi in't Verhör.
Se bringt mi jümmers in de Kniep,
as weer een Dunnerwedder riep.
Ik geev denn bloots de Hälfte to,
sodennig heff ik eerstmal Rooh.
Nu heff ik güstern ook noch leest,
de Amis maakt so'n groot Gewees.
Se hebbt dor dröben een Maschin,
dat schall so'n Oort Detektor sien.
Wenn eener lüggt, mein lieber Mann,
denn fangt de foorts to blitzen an!"
Uns Fiete maakt een suur Gesicht:
„So wat Besonners is dat nich.
So'n Apparat kenn ik genau,
ik heff eenen, de is ook so slau.
Ik kann vertellen, wat ik will,
anfangs hölt mien Detektor still,
denn aver heet dat: „Holl man op,
Du hest bloots Lögen in Dien Kopp!"
So wat heff ik al dörtig Johr,
bloots mien Maschin hett lange Hoor.
Ik heff Erfohrung, leeve Frünn,
weil ik dormit verheiradt bün!"

De Grenzgänger !
All Lüüd, de na Italien föhrt,
hebbt wat vun „Karabineri" hört
un ook womögli al welk sehn.
De hebbt Gamaschen an de Been,
een Uniform, statt Mütz – een Hoot.

Dat steiht so´n Italiener good.
Un bi den Hoot noch babenan,
sünd Feddern vun een Gockelhahn.
Man dröög de Feddern fröher nich,
dat is eerst Mood siet de Geschicht,
de mal passier an'n Brennerpass:
Dor harrn de Töllner ehren Spaß.
Ut Österreich, een Gockelhahn,
de keem dor jeden Morgen an.
He kreih dreemal un weer verleevt,
weil't in Tirol witt Höhner geev.
An de Karabineri lööp he vörbi
un rööp dor statt „Kikeriki!"
„Taramtamtam, taramtamtam,
hüüt sünd de witten Höhner an!"
Wenn he torüch keem vun sien Tour,
stell he sik hen in Positur,
kreih vör de Karabineri los:
„Ju'n witten Höhner sünd famos,
doch Ji Itaker, Ji sünd blöd.
Ji Loopt mit dauernd in de Mööt!"
Un jedes Mal na dissen Streich,
flatter he los na Österreich.
Dissen Spektakel vun den Hahn
keeken se sik een Tietlang an.
Na good acht Daag weern se in Wut:
„Den riet wi all de Feddern ut!"
sä man op de italiensche Siet.
Man greep sik em, nu weer't sowiet.
Eerst reet man Feddern ut den Steert.
De weern hübsch bunt un ook wat wert.
Een Karabineri in Övermoot,
steek sik poor Feddern an den Hoot.
So würr de niege Mood gebor'n.
De Hahn is bannig afruppt worrn.

De Feddern vun den Höhermann
bleven bloots an de Flünken an.
He weer ja nu een naakig Tier.
Doch hört mal to, wat denn passier:
An'n nächsten Morgen keem de Hahn
nu liekers bi de Grenzer an.
He kreih nich mehr sien „Kikeriki!"
un lööp bi all de Kerls vörbi.
As he torüch keem vun sien Mission,
dunn hör man em vun wieden schon.
Un an de Grenz kreih he wee'r los:
„Ju'n witten Höhner sünd famos,
doch Ji sünd dumme Italiener,
denn splitternaakt is dat veel schöner!"

Suldaten-Hüüjenie !
„Der Soldat im ganzen Land
ist für Reinlichkeit bekannt!"
Dat weer den Spieß sien Standard-Snack
un dormit dreev he Schabernack.
De Kompanie, dat mütt ji weten,
müch em dormit na'n Maand ropscheeten.
Dreemal de Week, ut Trietserie,
maakt he Appell in „Hüüjenie".
Eerst keemen Spind un Stuuv heran,
denn güng he an de Männer ran.
Duschen weer Vörschrift, alltosamen.
To'n Stinken schull keen Minsch mehr kamen.
Ook Ünnerwäsch würr inspiziert
un liekers is dat doch passiert.
Stubendörchgang weer jüst an
un all Suldaten stünnen stramm.
– Wer Dag för Dag in't Lopen kümmt,

de kriggt ook Löcker in de Strümp. –
Bi dat Kommando: „Steebel ut!“
keem dunn de Spieß för dull in Wut.
Denn bölkt he los: „Auch Strümpfe aus,
denn was man hier sieht, ist ein Graus!
Bis morgen früh habt Ihr noch Ruh,
doch dann sind alle Löcher zu!“
So stünnen se nu mit barfte Been
un denn müss dat Mallör geschehn:
De Schütze Bollmann full foorts op,
gewiss sien Strümp harr he woll stoppt,
doch siene Fööt, de weeren swatt,
as harrn se lang keen Water hatt.
De Spieß güng to as wie verrückt
un schree: „Wieso hest Du Di drückt?
Worum predig ik „Hüüjenie“?
Wat denkst Du Swienjack Di dorbi?
Kiek Di mal all de annern an,
de hebbt sik wuschen, Mann för Mann!“
Bollmann bleev ruhi bi den „Segen“
un weer um Utreed nich verlegen:
„De annern in de Reeg all hier,
de wascht ehr Fööt in’n Kaakgeschirr.
Bloots ik heff dormit miene Not,
denn miene Fööt, de sünd to groot!“

Dokter Martin Luther !

Vun’n Bodensee bet Dänemark
hett jedes grött’re Dörp een Kark,
un dicht dorbi steiht meist een Kroog.
Dormit is dat ja nu nich noog.
Jeder hett um sik rum een Grenz,
weil se in’n Grund ja Konkurrenz.

Mal is de Kark bi'n Paster vull,
denn swoovt man rüm in'n Kroog as dull.
Meist hett de Kroog de Överhand,
dat is ja allgemeen bekannt.
Hein Breckwolt weer mehr för den Kroog.
He drünk dree Beer, denn harr he noog.
Wat nu kümmt, dat is bannig kruus,
denn oft noog op den Weg na Huus,
un weil dat Beer drückt bi de Tour,
pinkelt he an de Karkenmuur.
De Paster harr dorvun erfohren
un rööp: „Den krieg ik bi de Ohren!
Dor helpt keen Schimpen oder Bell'n,
eerst warr ik em to Reed mal stell'n!"
Jüst nächsten Dag würr he Hein wies
un sä: „Nanu, wie find ich dies?
Du bist ja schlimmer als die Affen!
Wozu hat man WC's geschaffen?
Wird Dein Gewissen Dich nicht plagen?
Was würd' Dokter Martin Luther dazu sagen?"
Hein dreih sik na den Paster um
un sä: „Nehmen Se mi dat nich krumm.
Statt dree Beer harr'k hüüt Stücker fief,
doch mit'n Vertrauensarzt blieven Se mi vun'n
Liev!"

Sien eegen Kopp !

Na'n Konfirmanden-Ünnerricht
höll Paster Eggert dat för Plicht,
mit siene Jungs een Snack to maken.
Dorbi hör he so mennig Saaken,
de sünst keen Minsch to weten kreeg.
Mal weer dat good, mal weer dat leeg.
So fraagt he Luten hoffnungsvull,

wat he denn eenst mal warr'n wull.
De antwurt foorts: „Ik föhr to See!"
Eggert brems em: „Holt stopp! Nee, nee!
Dien Vadder is op See al bleven.
Du müsst doch Angst hemm'n üm Dien Leven?"
„Ach wat", seggt Luten, negenmal klook,
„op See blev doch mien Opa ook
un denn sien Vadder ebenso
un ik gah ook to See hento!"
De Paster meen: „Wünscht Du dat gern?
Dat sülvige kunn Di passeern,
womögli haalt Di dor de Dood.
Nee, de Gefohr is veel to groot!"
Luten överleggt so'n beten
un fraagt: „Herr Paster, ik müch weten,
Se ehr Vörfohren, alltosamen,
woans sünd de in'n Himmel kamen?"
Toeerst weer Paster Eggert platt,
so'n Fraag harr he noch nie nich hatt
un sä to Luten denn sehr nett:
„De sünd all storben in ehr Bett!"
„Oha", sä Luten, „so'n Mallör,
denn sehn Se sik man bannig vör.
Ik würr nich, wenn ik recht verstahn,
an Se ehr Stell to Bett hen gahn!"

Blamiert !

Direktor Meier kennt man hier,
he is een bannig hoges Tier.
Nülich is em een Ding passiert
un nu vör alle Welt blamiert.
He jammer sienen Fründ wat vör:
„So'n Schiet, so'n Mist, so een Mallör!
Mit Firmen-Respekt is dat vörbi,

denn dor lacht alles över mi.“
„Wat hest Du anstellt?“ fraagt sien Fründ,
„Vertell, weil wi alleen jüst sünd!“
„Ik harr Geburtsdag un weer froh
un Jubiläum noch dorto.
Doch in de Firma röögt sik nix,
nich mal een Lehrling maakt een Knicks.
So güng dat nu den ganzen Dag,
nüms gratuleer un keeneen lacht.
Dorbi leeg ik doch op de Luur
un würr to´n Fieravend langsam suur.
To’n Glück hell sik alln’s beten op.
Mien Sekretärin, de lütt Popp,
laadt mi to’n Avend bi sik in,
weil ik een Junggesell noch bün.
Ik smeet op de al lang een Blick
un meen, nu heff ik endli Glück.
Avends güng ik denn bannig ran,
as Kavalier un Gentleman.
Eerst wehr se sik – denn mit Genuss
keem dat bi uns to’n eersten Kuss.
Deep in de Oogen keek de Popp
un sä geheimnisvull: „Pass op!
Nu kümmt dat Beste! Ik gah vör!“
Verswünn in de Slaapstuvendör
un rööp: „Kumm na in dree Minuten!“
Dat weer, as würrn Sirenen tuten.
Wat meenst Du woll, wat dat bedüüd,
bi mi hebbt alle Glocken lüüd!
Na dree Minuten güng ik rin
un harr de Leev bloots noch in’n Sinn.
Ik harr de Dör noch in de Hand
un twiefel denn an mien’n Verstand.
De ganze Firma stünn parat,
püükfien in ehren Festdagsstaat,

vun'n Lehrjung bet to'n Prokurist.
Ik meen, dat dat een Droom bloots is.
Denn süngen se los: „Hoch soll er leben!"
Un ik wünsch mi, de Eerd schull beven."
„Stopp!" rööp sien Fründ, „Worüm denn dat?
So'n Överraschung is doch wat!
Du büst woll vun de Socken west?"
„Nee, nee", sä Meier, „hör den Rest:
Dat weer dat ja, mein lieber Mann,
ik harr bloots noch de Socken an!"

Flitzer !

Wenn man oolt is un alleen
un noch fit in Kopp un Been,
geiht man noch nich in't Pflegestift,
weil dat ja Senjoren-Heime gifft.
Senjoren, de sünd mopsfideel,
dor giff't keen Jammern un Gequääl.
In so een Heim, wo man noch froh,
dor güng dat nülich drollig to.
Twee Froonslüüd setten sik in'n Kopp:
„Hüüt mischt wi mal de Mannslüüd op!"
Dat weer kort na de Meddagstiet,
dunn meenen de twee: „Nu is't sowiet!"
In'n Vörruum, wo dat nich so luut,
dor tröcken sik de beiden ut
un güngen splitterfasernaakt,
weil dat ja groten Indruck maakt,
an all de Mannslüüd denn vörbi
un meenten,de schreet: „Kikeriki!"
Vunwegen, de sä'n keenen Mucks.
Denn würr eerst beten rümgedruckst
un endli sä so'n dünnen Mann:
„Wat harrn denn de för Kleeder an?"

Een anner meen, na düt Geschehn:
„Ik kunn dat so fix gor nich sehn!“
„As ik jung weer“, sä Johann,
„harrn de Deerns ook sowat an.
Nu is’t woll weer de niegste Mood.
An sik stünn dat de beiden good!
Se harrn bloots vör de Meddagsstund
de Knitterfalten bügeln kunnt!“

He weet Bescheed !
In Grammdörp an de Grabenkant,
weern poor lütt Göör’n ut Rand un Band,
speelten vergneugt, ahn Striederie
un ook lütt Heini weer dorbi.
He larm an’n dullsten bi den Spaß
un döh, as weer he hier de Baas.
Ut’n Naverdörp keem Hinnerk Pahl
mit’n Zeeg an’n Strick de Dörpstraat dal.
Heini, de ja den Hinnerk kenn,
fragt neeschierig: „Wo wullt Du hen?“
Un Hinnerk sä: „Wat bün ik froh,
dat ik Di hier noch drapen doh.
Du weest doch hier in’n Dörp Bescheed?
De Zeeg an’n Strick bringt mi in’n Sweet.
Ik bün nu bannig al in’n Druck,
denn ik schall mit de Zeeg na’n Buck.
Ik lööp al dreemal üm de Eck.
Wo ward bi Ju de Zeegen deckt?“
Nix giff’t umsünst op disse Welt.
So’n Zeegendecken kost‘ ook Geld.
Lütt Heini dacht dorüm mit Plie:
‚Viellicht fallt dor wat af för mi?
De Chancen dorför staht ganz gut‘,

un geev deshalb to Antwurt luut:
„Een Euro harr'k gern dorför hatt.
Wenn ik em heff, segg ik Di dat."
Hinnerk harr Geld un tröck sien Kniep:
„Hier hest' een Euro – nu de Tipp!"
Heini, de güng tonächst mal stumm
üm Pahl sien Zeeg in'n Kreis herum.
Denn aver güng de lütte Mann
vun achtern an de Zeeg heran.
He böör den Zeegenstert tohööcht
un sä to Hinnerk ganz vergnöögt:
„Kiek, hier is dat! Dat is nich swoor!"
Zeigt ünnern Steert un seggt denn: „Door!"

Wettkampf !

De oole Hahn in'n Höhnerhoff,
de harr vundag bannigen Zoff.
Nich mit sien Höhner, de weern slau
un keken bi düt Speelwark tau.
Een Regenworm, dicht bi den Katen,
wull sik vun em nich freten laten.
Will man as Hahn een Worm vernaschen,
mutt man em ganz fix överraschen.
Doch disse Hahn weer dusselig
un kreih sik vörher fusselig.
Denn rööp he luut: „Nehm Di in acht!
Ik freet Di op! Na denn – good Nacht!"
Dat hör de Worm un lach em ut
un krööp glieks achtern wedder rut.
„Ik warr Di kriegen!" kreih de Hahn
un füng dat Speelwark nochmal an
un stell dorbi, ganz elegant,
sien Achtersten gegen de Wand.

De Worm jedoch krööp nu vör Wut,
den Hahn weer ut den Snavel rut.
Dorbi rööp he ook noch as Spott:
„Eh Du mi kriggst, büst Du in'n Pott!"
De Höhner füngen dat Kakeln an:
„Wat hebbt wi för'n bekloppten Hahn!"
Autorität – de weer nu hin!
Dunn füll den Hahn wat Plietsches in.
De Worm schull mit Gewalt an glöven,
dormit de Höhner em weer löven.
He sä to sik: „Dat is nich fien,
doch wat nu sien mutt, dat mutt sien.
Heff ik den Worm eerst heel hendal,
denn kümmt för em de grote Quaal.
Anners hett dat sünst keenen Sinn,
ik steek mien Snavel achtern rin."
Un eh de Worm sik recht besunnen,
weer he al in den Hahn verswunnen.
De freet em op, foorts op de Stell:
„Sühso, nu föhr man Karussell!"

Opsnappt in de dörtiger Johren

Proost op de Seefohrt !

Christoffer Bull un Heini Klausen
weern beid poor stramme Vullmatrausen
un stammten ut den sülben Oort.
Se weern heel Tiet vun Huus all fort
un harrn sik johrelang nich sehn
un hüüt – verdammi – müss't geschehn,
dat sik de twee an'n Haven drapen.
Christoffer ritt de Oogen apen:
„Verdammi Hein – maak man keen Flausen!

Nee, büst Du’t würkli? – Heini Klausen!
Minsch – Heini – mutt ik Di hier drapen!
Ik denk, Du büst al lang versapen!
Ik heff doch mal vertellen hört,
Du weerst vör Johrn na China föhrt,
as Du bi de Marine stahn
un weerst op’n Krüzer ünnergahn.
Nu segg mal Hein, Du spöökst doch nich?“
„Ach Minsch, Du büst woll tüterig!
Ik bün mit Käppen Groterjahn
eben op de „Mööv“ vör Anker gahn
un nu föhrst Du mi in de Snuut!
Seh ik denn al versapen ut?
Ik heff mi poor Johr rümmerdreven.
Verdammi, Jung, dat weer een Leven!“
Hein grient vergneugt un in de Kusen
schüfft he’n frischen „swarten Krusen“.
„Ja, dat kunn’k mi woll denken, Hein.
Wi hebbt uns ja sietdem nich seihn.
Du weerst jümmers een Slöpendriever
un harrst op Abeteuer Jieper,
as wi noch op de Schoolbank seten.
Nee, Minsch, dat mutt wi dull begeten.
Ik bün ook even an Land eerst kamen.
Wat meens’t, nu gaht wi beid tosamen
in’t best‘ Hotel to’n Meddageten.
Dor klöönt wi denn noch ollig beten!“
„Gewiss“, seggt Hein, „versteiht sik dat!
Ik heff ook lang keen Koken hatt!“
Un Klausens Hein un Stoffer Bull
gaht nu verlangs as sühst mi wull,
rin in’t Hotel „Continental“
un löten sik dor hüüsli daal.
De Oberkellner sleept nu ran,
wat jichens op den Disch rop kann

un bringt ehr to de Freteraasch‘
toletzt ook noch ‘ne Plattmenaasch
mit allerhand so’n Kuddelmuddel
un dorbi ook so’n bruune Buddel.
Tschä, dorop steiht so’n narrschen Namen.
De beiden steekt de Köpp tosamen:
„Verdammi, Hein, wat mag dat wäsen?
Kannst Du dat op den Buddel lesen?
„ESSENZ“? – Essenz? – heff’k nie vun höört.
Hest Du al mal Essenz probeert?
Tschä, Hein, dat glööv man sicherlich,
so wat Gewöhnlich’s is dat nich.
Nee, dorto is de Kraam to fien.
- Schull dat een niegen Kööm woll sien?“
„Wat – Kööm? – un Heini kiekt so niepern,
em ward so na den Buddel jiepern.
De Kööm, de stickt em in de Snuut.
De Kram süht gor to leevlich ut:
„Tschä, wer will uns den Himmel rauben? –
Alln’s wat hier steiht, dat köönt wi prauben.
Wi köönt betahl’n – ik suup Di to!“
un proost nu Stoffern an: „Dat dooh!“
Un Hein sett an un: kluck – kluck – kluck!
nimmt he een groten Seemanssluck.
Dat weer ja woll dat reinste Gift,
so tröck dat hen un Heini blifft
binah de Luft weg, Gott verdau!
Sien ganz Gesicht ward pickenblau.
He wringt sik, as een Proppentrecker,
un ward ganz stief, as keem de Recker,
- he ritt den Snavel wiet vuneen –
man kunn em in den Maag rinsehn.
Un ut de Oogen loopt mit’n Mal
de Tranen an de Nees em daal.
„Wat schad Di, Hein?“, fraagt Stoffer Bull,

„Du höltst ja Huus, wer weet wie dull! –
„Wat maakst Du eenmal bloots för Saken?
Hest Du Di an den Kööm verslaken?“
Doch Hein kunn sik noch gor nich faten:
„Dat – muttst Du Di – vertellen laten. –
Mien besten Fründ, Jehann Lebahn,
is mit den „Iltis“ ünnergahn.
Mit den heff ik tosamen deent,
üm dissen heff ik eben weent.
Dat geiht mi höllisch an de Nier’n,
de müch jüst dissen Kööm so giern. –
He drünk em in sien letzte Stunn
un gliek dorop güng’t Schipp to Grund’n.
Vun all mien Frünnen weer he de best!“
Dor – drink op mienen Fründ den Rest!“
„Een goden Fründ, den mutt man ehren.
Ik will den ganzen Kram vertehren. –
Jau!“ seggt nu Stoffer, „lang mal her!“
un: kluck – kluck – kluck! Nu weer se leer.
Oha – oha –, düt weer toveel!
Uns Stoffer grippt sik an de Kehl.
Dat sülvig Speelwark kümmt nu wedder:
Em kümmt dat hoch – he wörgt dat nedder.
He kriggt mit Arms un Been dat Slagen,
as harr he Füür in sienen Magen
un Oogen maakt he as so’n Kreewt. –
Sowat harr noch keen Minsch beleevt.
Een Oogenblick würr dat noch wohren,
dunn fangt ook Stoffer an to rohren.
„Nanu?“ un Heini kriggt dat Grinsen.
„Du fangst ja ook al an to plinsen!
Weenst Du denn ook üm Fründ Lebahn?“
„Nee, nee“, un Stoffer wisch de Tranen,
„ik ween bloots – dat dor an de Küst‘ –
Du Aas – nich mitversapen büst!“

Opsnappt

För alle Kunden vun de niege Sporkass !

Siet Mai 2003 hebbt wi eerstmals den Bankomat „Drive thru“ in Betrieb. Uns Kunden sünd nu in de Laag, Geld aftoheven, ahn ut’t Auto to stiegen. Um den Vördeel to nutzen, hier uns Bruuksanwiesung:

För Mannslüüd:

1. An den Bankomaten ranföhren
2. Siedenfinster daldreihen
3. Kreditkort rinsteken un PIN-Nummer ingeven
4. Ingeven, woveel Geld man hebben will
5. Geld rutnehmen un insteken
6. Kreditkort un Quittung rutnehmen
7. Finster tomaken
8. Losföhren

För Froonslüüd:

1. An den Bankomaten ranföhren
2. Den afgewürgten Motor nochmal starten
3. Torüch föhren, bet de Bankomat genau an’t Siedenfinster to sehn is
4. Siedenfinster daldreihen
5. Handtasch nehmen, op den Bifohrersitz utkippen un de Kreditkort söken
6. Versöken, de Kreditkort in den Bankomaten rin to würgen
7. Autodöör opmaken, um an den Bankomaten beter ran to kamen, denn de Weg twüschen Auto un Bakomat is to groot
8. Kreditkort endli rinsteken
9. Kreditkort nochmal rutnehmen un annersrüm rinsteken
10. Handtasch nochmal dörchkramen un in’n Notizbook op de eerste Siet de PIN-Nummer nakieken
11. PIN-Nummer ingeven
12. Op „Cancel“ drücken un de Nummer nochmal ingeven

13. Ingeven, woveel Geld man hebben will
14. Geld un Quittung rutnehmen
15. Handtasch utkippen un dat Portjuche söken
16. Quittung in’t Scheckheft packen
17. Twee Meter vörwarts föhren
18. Torüchföhren an den Bankomaten
19. Kreditkort ut den Automaten nehmen
20. Handtasch nochmal utkippen un Kreditkort in de eegen Hülle steken
21. „Make up“ checken
22. Den afgewürgten Motor starten
23. Dree bet veer Kilometer föhren
24. De Handbrems lösen

Goode Fohrt un kiek mal wedder in!

Football !

Football in’n Fernsehen, dat hett Oort,
för „Fans“ is Footballkieken Sport,
obwohl so mennigeen nich weet,
worüm de Football „Football“ heet.
Deshalb nu, miene Leeven,
hett Rudi Völler ‘n Lehrbook schreeven.
Poor Stremel will ik mal vörlesen:

„Der Ball, das unbekannte Wesen!“
De Ledderball, dat weet woll jeder,
hett binnen Luft un buten „Leder“.
Dat Ledder buten is as Huut,
sünst fleit de Luft vun binnen rut.
Doch annersrüm weer ahn de Fülle,
dat Ledder bloots een leere Hülle.

De Ledderball is buten rund
un dat hett sienen goden Grund.
Denn weer he butenrüm bloots eckig,
denn güng dat mennig Speeler dreckig,
weil denn de Ball, wenn man em schütt,
nich kullern, sondern hüppen mütt.

„Dat Speelfeld" !
Dat Speelfeld hett siet olle Tieden
twee korte un twee lange Sieden.
Is also exakt mathematisch
een beten länger as quadratisch.
Dor, wo de korten un de groten
Sieden denn tosamen stooten,
is denn an'n End vun jede Streck
een Spitz un de heet jümmers „Eck".
Dormit de Speeler dat behölt,
hett man een geele Fahn henstellt.
Un in de Mitt, dor eiert sik
de Mittellinienbindestrich.
De deelt dat Speelfeld, kann man sehn,
exakt för jede Mannschaft een.
Denn is dor noch an'n jeden End
vun de gröön Wisch, de ji nu kennt,
mal ut dree Balken, mal ut Rohr,
dat sogenannte „Footballtor!"
Dat Tor bringt bannig veel „Hallo",
is vörn ganz open un achtern to.
Dat bringt vör veele blanke Wut
un ökologisch ook nich gut.
Denn weer de Kasten vörn ook dicht,
denn bruukte man den Torwart nich
un de Verein harr op de Oort
een ganzen Huupen Geld inspoort.

„Dat Foul!“
Een Klopperie, vun Mann to Mann,
dat kiekt de Minschen gern sik an.
Een Pedd in’n Achtern, poor op’t Maul,
denn bölkt de Menge los: „Een Foul!“
De Schiedsrichter, een Mann in’n Stress,
driggt meistens een neutralen Dress,
bruukt denn per Hand nich intogriepen,
denn he verleggt sik ganz op’t Piepen
un dirigiert in dissen Fall
den Gegner eerstmal weg vun’n Ball.
Mit de Kampfhähne aver dann
fangt he dat Kortenspeelen an.
Bet hüüt weet nüms noch nich genau,
speelt he nu „Schaapskopp“ un „Mau-Mau“?
De geele Kort heet: „Bliev man hier!“,
de roode Kort: „Du haalst twee Bier“!

„Ölbenmeter“
Vör jedes Tor, man glöövt dat kuum,
gifft dat een „Sössteinmeterruum“.
Dormit man weet, wie wiet he geiht,
hett man mit Kried de Form afstreit.
Ward dor een Speeler „umgenietet“,
wat woll de Höflichkeit verbietet,
denn snappt de Speeler sik dat Ledder
un jeder luurt denn op „Ölbenmeter“.
Vun’n witten Punkt, dat is woll kloor,
genau ölben Meter vör dat Tor,
vun dor versöcht man, ahn Geweten,
den armen Torwart aftoscheeten.
Doch de is snuutig mit de Tiet
un smitt sik na de anner Siet.
So ward he garantiert nich dropen,
ik heff dorbi een Fraag noch open.

Worüm schreet man denn ook noch „Toor“?
De Mann, de süht sik doch bloots vor!

„Abseits“ !
So mennigeen kann nich begriepen,
worüm mutt man denn „Abseits“ piepen?
Deshalb versöök ik, ahn to knickern,
dat ganze ju mal to verklickern.
Abseits, dat is ton’n Bispill so:
Vun dröben kümmt een „Libero“
un döscht na vörn een Superpass.
De Torwart denkt: „Gliek deit sik wat!“
un löppt denn ut sien Tor na buten.
Links aver töövt nu een „Rechtsbuuten“.
De löppt een Stück na’n Tor hento,
luurt op den Ball vun’n Libero
un steiht denn ganz alleen vör’n Tor
un schütt denn los mit „volles Rohr“!
De Schiedsrichter fangt an to piepen.
Worüm, warr ik ook nich begriepen.

„De Ümgangston“ !
Schreet sik de Speeler ook mal an,
dat hört sik so, vun Mann to Mann.
Dat hett de Rudi ganz vergeten,
de Schimpwöör bi dat Footballscheeten:
Een Speeler bölkt in vullen Draff:
„Du Pannkoken, nu gev doch af!“
De anner rohrt: „Dor steiht doch keen!
Du hest woll Rotten op’n Böön?“
So fleegt de Wöör wie: „Piepenkopp“,
„Bangbüx“, „Aap“ un „Kütenkopp“.
„Du büst woll brägenklüterig!“
„Du Döösbaddel, sühst du mi nich?“
„Du Tüffel hest een op de Luuk!“

„Du Torfkopp mit Dien Wackelbuuk!“
Gifft denn de Schiedsrichter een Rüffel,
roopt se: „Klei Di an de Winterkantüffel!“
Een Knallkopp röppt in’t Mikrofon:
„Herr Schiedsrichter zum Telefon!“
Denn kreiht ook noch so’n lütten Söhn:
„De hett doch Rotten op’n Böön!“
Denn gröölt se all, as harrn se’n Splien.
So schön kann Footballspeelen sien!

Kiek di doch bloots den Knallkopp an.
So geiht de an de Arbeit ran.
Mit so een Stimmung ward dat nix,
denn löppt de Tiet bloots half so fix.

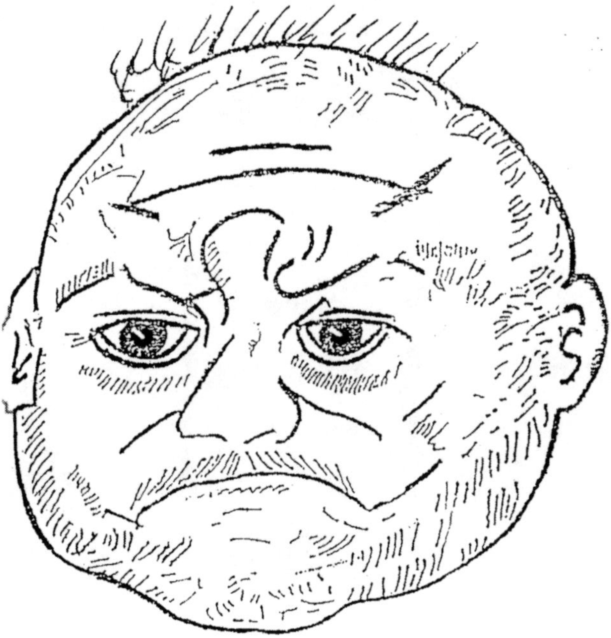

Wer aver ran geiht mit Humor,
de kümmt good mit de Arbeit kloor
un maakt nich mehr so’n suure Snuut.
Dreih em mal rüm – so süht dat ut!

De letzte Siet:

Mit Riemelsdöntjes büst du lang.
Dat du alln's lees hest, besten Dank!

Nu kümmt dat End vun de Geschicht:
Ganz ahn Reklame geiht dat nich.
Dree Böker gifft dat al vörweg,
mi dücht, de weren ook nich slecht.

So seht se ut, un jeder Band
hett Riemeldöntjes bet an'n Rand.

Inhalt

- - -